Bezi von Böhmlach

Das Junkerbuch

AF219998

Buch

Dieses dritte Buch des Autors erscheint außer der Reihe. Eigentlich sollte die Serie der Gedichtbändchen mit Prosa-Anhang und philosophischem Abschlusstext fortgesetzt werden, was noch zu leisten ist. Dabei entstand das Manuskript des vorliegenden Bandes früher als viele Texte aus den beiden ersten Taschenbüchern. Ja, aber es brauchte in seiner Entstehung etliche Jahre und ist dabei sprunghaft und lückenreich in seinem Erzählfluss. Es ist vielleicht mit Robert Walsers „Der Räuber" zu vergleichen, nicht in der Qualität, das maßt sich der Autor nicht an, aber in seiner schlawinerhaften Unernsthaftigkeit. Urteilen Sie, als Leser, selbst, ob es einen Wert an sich hat – oder besser unveröffentlicht geblieben wäre...

Autor

Bezi von Böhmlach ist ein frühes, wenig benutztes Pseudonym von Bernhard J. P. Zimmer, geboren am 16. Mai 1968 in Erlangen, und von keinem Tropfen blauen Blutes geadelt. Der Adelstitel ist vielmehr eine Anspielung auf den Namen der Straße, in der er seit seiner Geburt wohnt, die allerdings bei der Eingemeindung des Erlanger Vorortes Tennenlohe umbenannt wurde, weil im Nachbarort eine Straße gleichen Namens existierte. Er schreibt seit der 11. Klasse Prosatexte und schon ein wenig länger Lyrik. Das Junkerbuch ist ein Nebenwerk, das längere Zeit in Anspruch nahm und mehr verbirgt, als es offenlegt.

Das Junker - Buch

aus dem Leben eines Tauchenicht
von Bezi von Böhmlach

Hrsg. Bernhard Zimmer

Bibliografische Information der Deutschen
Nationalbibliothek: Die Deutsche Nationalbibliothek
verzeichnet diese Publikation in der Deutschen
Nationalbibliografie; detaillierte bibliografische Daten
sind im Internet über www.dnb.de abrufbar.

Originalausgabe Juli 2022
Copyright © 2022 Bernhard J. P. Zimmer, Erlangen
Titelbild vom Autor
Herstellung und Verlag:
BoD – Books on Demand, Norderstedt
www.bod.de
Made in Germany

ISBN: 9 783756 235896

Die Stoßstange ist aller Laster Anfang.

Volksmund

Das Junkerbuch

Ein Kalenderroman

Wie beginnt man ein Buch? Man
fängt ganz einfach zu schreiben an.
Man wagt einen ersten zagenden
Anstrich; ein erstes Aufflackern;
und dann: geht es...
        ...irgendwie ganz bestimmt
weiter. Man macht diesen oder
jenen Versuch; bricht ihn wieder
ab und so weiter usf.
So vergeht ein Monat, ein Jahr,
eins ums andere.

Sonntag 1. Januar
Und es geht etwas flotter weiter. Man
ziert sich nicht mehr. Es hat einen
besonderen Elan. Eine natürliche
Unbeschwertheit greift dann um sich.
Man wiederholt sich immer weniger
und schreibt mit
immer weniger Kanten und
Fehlern.

Montag 2. Januar
Ein Auf und ein Hinab gibt es in
jedem Leben eines ehrlichen
Junkers; gerade in seinem. Er

verzehrt sich oft und gerne in
heißester Lyrik und Phantasei.

Dienstag 3. Januar
Er ist voller halbgarer Ideen und
unvertrauter Illusionen. Ein
Schlimmer ist er ganz gewiß.
Seine Pläne sind, da er selten Zeit
und Muße zur Absprache mit
Nebenmenschen findet, so
unausgewogen und spintisant, daß
man sich nur recht eigentlich
wundern kann.

Mittwoch 4. Januar
Der rechte Junker macht alles was er
macht aus vollster Brust und tiefster
Überzeugung. Er läßt sich nur ungerne
lumpen und Lumpen
überhaupt rechts liegen;

Donnerstag 5. Januar
denn er ist oft und gerne ein
Links- vielleicht gar
Beidhänder; ...und er ist ein
schrecklicher Pedant. Ein Pendant

zu ihm ist vielleicht im
naturalischen nur das
kleingewitzte, possierlich-
sammelfreudige

Freitag 6. Januar Heilige Drei Könige
nord-süddeutsche Wald-, Wiesen- und
Friedhofseichhörnchen. Es kennt alle
Schliche der Versteckungskunst und
hat seine Rast- und Lagerstätten an so
vielerlei Orten angebracht, daß es die
Hälfte davon vergessen hat, bevor es
die

Samstag 7. Januar
andere leergegessen hat. Es ist ein
Spielkind unter den gottgegebenen
Wesen. So auch der rechte Junker, er
ist ein freundlicher Fopper und
leichtsinniger Musikant. Ein
Ichweißnichtwie, weil er sich in seinen
Einzelexemplaren

Sonntag 8. Januar
von Landstrich zu Landstrich und von
Gegend zu Ungegend so

unterschiedlich ausprägt und gestaltet.
Er ist einfach. Und
unbeschreiblich unberechenbar.
Der deutsche Junker insbesondre:
er ist ein Dichterling und
Denkerlein.

Montag 9. Januar
Ein querer Krausen- und Brausenkopf.
Auch ich bin - leider noch - ein Junker
und ich bin es äußerst gerne und mit
Eifer: ich glaube es gibt nur wenige
Menschen, die so täglich und anhaltend
aufräumen und putzen wie ich.

Dienstag 10. Januar
Das ist nun so eine Marotte von mir,
ein kleiner harmloser Tick und es gibt
schlimmere. Ich habe noch und mache
gerne: Kinderaugen. Ebenfalls: schöne
Augen, all' den hübschen Mädchen auf
dem Globus. Ich bin ein Schnöderian
und

Mittwoch 11. Januar
eitler Fatzke. Ich könnte noch

viele tadelnde Worte für mich
finden, bin es indes leid und
außerdem ein faulpelziger Strick.
Ich mache grundentsetzlich alles
und auf eine unausstehliche
Weise: das ist u.a. auch das so
besonders

Donnerstag 12. Januar
junkerhafte an mir. Ich fühle mich in jedem
Winkel unseres ganzen Hauses wie
eingeboren und benehme mich
entsprechend, obwohl ich doch nur ein
einziges kleines, noch dazu schallundichtes
Zimmerlein besitze (noch nicht mal
tatsächlich

Freitag, 13. Januar
„eigne", da Eigentum mehr ist als
Besitz: nach BGB nämlich!)
Nebenher bin ich noch sehr unproduktiv.
Ich beende nie, was ich nie anfange. Und
ich erwähne mich zu oft. Lassen wir das!!
Was ist z.B. mit diesem Buch? Besteht
gerechte Hoffnung auf einen end-

13

Samstag 14. Januar
gültigen Abschluß? Etwa eine
Entjungferung?! Sie besteht tatsächlich.
Da nämlich meine Hochzeit meinerseits
bereits beschlossene Sache ist, es also
nurmehr von der mir noch nicht
persönlich vorgestellten Partnerin
abhängt, ob sie

Sonntag 15. Januar
etwa einwilligen möge. Ich höre
gerade in einem alten Radio den
Liebestraum Franz Liszts, und bin
wieder einmal mehr von der
Kongenialität meiner
Mitschöpfung beeindruckt. Das
„Cantabile" von Paganini ertönt
nun merkwürdig brav und züchtig,

Montag 16. Januar
so, wie ich es gerne wäre, und es
doch nicht annähernd zu sein
erreiche. Auf dem Giebeldache,
meinem Balkon gegenüber gurren
zwei Tauben und flattern dann zu
dem meinen herüber; die eine ist

nahezu friedenstaubenweiß. Kein
ernstzunehmender Traum!

Dienstag 17. Januar
So sitzt man wohl gelegentlich
oder angelegentlich, wohl auch
manchmal fast strebsam und
fleißbewußt, um nur irgendwas
Schaffensfrohes der lieben
Nachwelt hinterlassen zu können,
etwas Kleines, ein wenig nett-
zum Verliebendes; etwas, daß man

Mittwoch 18. Januar
gerne wieder anschaut oder zur Hand
nimmt, vielleicht mit allerlei Bildern
versetzt, damit es auch noch optisch
erfreuen möge. Ein kleiner
Zeitvertreib soll es halt sein, beim zur
Hand nehmen, wie beim Bereiten.
Vom Junker - für Junker und
Jungfern.

Donnerstag 19. Januar
Insbesondere letztere! Denn nichts
zieht einen gestandenen Junker

15

mehr an. Höchstens vielleicht
Geschiedene oder Verwitwete, mit
drei drolligen, leider bereits zu
lang geratenen Bengelchen, von
welchen der Älteste sein
heulendes Moped, die Mittlere
klimpernden Schmuck und

Freitag 20. Januar
das Jüngste hämmernde Pop-
Musik bevorzugen. Wenn man erst
einmal erkannt hat, daß das beste
Arbeitsvermeidungsverhalten
andere, leichtere Arbeit ist, scheut
man sich nicht mehr vor der
Arbeit, sondern erleichtert

Samstag 21. Januar
sie sich zunehmend. So wurde z.B.
vorhin in diesem Hause, das ich heute
nicht verlassen habe, ein weiteres
kleines Haus, allerdings aus Pappe, das
dem kleinsten hierwohnenden Menschen
geschenkt worden war, zerlegt. Dabei
half ich. Daraufhin spielte ich

16

Sonntag 22. Januar

mit einem ebenfalls diesem Kinde, meiner Nichte, gehörenden Musikinstrument - trotz seiner erstaunlich geringen Größe Akkordeon genannt (nicht etwa bloß Ziehharmonika). Die Mutter der Akkordeonistin, also meine Schwester, fand sowohl die Art und Weise der Hauszerlegung wie auch jene meines musikalischen Improvisierens angemessen

Montag 23. Januar

und hübsch. Dennoch schlug sie mir vor, das Instrument mit auf den sonnendurchfluteten Dachboden zu nehmen, was ich aus „Sättigungs- oder Zufriedengestelltheitsgründen" dankend ablehnte. Ebendiese Schwester sah vorhin zu mir ins hochgelegene, nicht oder besser, noch

Dienstag 24. Januar
nicht mir gehörende Zimmer
hinein, nur um mir freudig
zuzuzwinkern.
Seltsam, was jugendliche
Junggesellen alles erleben dürfen.
Durch die vielen Arbeiten indes
und darauf wollte ich eigentlich
hinaus,

Mittwoch 25. Januar
hatte ich schließlich den Nerv und
auch die Stirn meinem eignen
Vater dankend abzulehnen, als er
mir anbot, vor dem Haus mit dem
Besen zu kehren, wissend, daß
dann er es tun müßte. Soll ich
sagen: „Man wird

Donnerstag 26. Januar
selbstbewußt!" oder doch wohl
eher „... man wird aber ganz schön
frech!"; ich weiß es nicht... Aber
fast scheint mir wiedermal beides
zu passen. Naja, wer weiß.
Irgendwie jedoch muß sich jeder

18

Mensch darauf einrichten, mit
seiner Erdenschwere

Freitag 27. Januar
hienieden irgendwie fertig zu werden.
Zumindest komme ich mir
wenigstens jetzt im Moment nicht
eigentlich sehr frech vor, sondern
sehr praktikabel und brauchbar. Denn
schreiberisch bin ich tätig und wie!

Samstag 28. Januar
Ich muß staunen. Schreibend im
Sitzen, im Hocken, vielleicht nicht
gerade auch noch im Stehen, jedoch
immer lustbetont und recht froh und
engagiert. Weltmännisch heiter und
nahezu allwissend muß ich
zwangsläufig mir vorkommen, wenn
ich so

Sonntag 29. Januar
über Gott und alle Welt
Weltweisheiten loslasse und
freigebe, aus meinem geladenen
Gedächtnis heraus- und

hinwegspule und -spüle.
Den Januar wenigstens will ich
heute noch „garschreiben", das
wird bei dieser Zeilenbreite keine
Schwierigkeiten haben.

Montag 30. Januar
Und ich forciere auch nichts, ich
lasse kommen. Überhaupt die
Haupttätigkeit eines Junkers: „das
Erwarten".
Ich bewundere zwischendrein das
erstaunliche Wechsellichtspiel vor
meiner Balkontüre und genieße
die Freiheit meiner

Dienstag 31. Januar
nackten Beine. Da es ja Mai ist, ist
das Genießen so besonders
einfach für mich, zumal der 90er
Mai ein treibhausklimatisch
herausragend warmer Monat
später einmal genannt werden
muß. So, nun schließe ich den
kalendarischen Januar, diesen
kalten Jahreserstlingsmonat ab.

Mittwoch 1. Februar

Nun, ich trinke gerade Malventee zum Abschluß des Abendbrotes, zum Teil auch gemischt mit Orangensaft und genieße das Herannahen des Abends. Unterdeß beginne ich den Monat Februar des letzten Kalenderjahrs kalendarisch, zeilentreu vollzu-

Donnerstag 2. Februar

schreiben. Und ich mache mir gar nichts daraus, daß ich fettige Finger habe und es dadurch fraglich ist, ob das Buch nicht darunter leiden könnte. Nein, es kann auch nicht leiden. Es kann bloß „reifen". Es muß - wohl oder übel.

Freitag 3. Februar

Man wirft mir mal wieder vor, ich spielte, wenn ich schreibe. Man sieht den tiefsinnigen Ernst nicht, mit dem ich dieses hier betreibe. Aber man ist das als Schriftsteller

21

ja gewöhnt, mißverstanden zu werden. Ach ja, Gutenachtküsse!

Samstag 4. Februar

Fernsehen, ja; das ist etwas so recht Lustiges: Es wird auf der Fernbedienung herumgedrückt und man schaut gar nicht so schnell, wie sich die Programmbilder verändern. Gelegentlich bleibt man aus Langeweile beim leidigen Sport hängen:

Sonntag 5. Februar

Da kann man dann schreiben! Ich habe mir heute schnurstracks die Uhrzeit verklebt mit einer Chiquita-Plakette, von einer Bananenschale abgezogen. Früher glaubte ich im Bild der Plakette ein Bananenmonster zu erkennen und sah das verführerische,

Montag 6. Februar Rosenmontag
südamerikanische Mädchen nicht. Tja,
so täuscht man sich, doch der
Junkerblick wird schärfer ... und
„stierender"! Zumal ich ein Kind des
Mai's bin, ein sternemäßiger Stier.
Jetzt zeigen sie was von Berlin, eine
Lieblingsstadt von mir.

Dienstag 7. Februar Fastnacht
Sie ist etwas ordentlich Gemischt-
Interessantes und wird noch
komplizierter, freuen wir uns darauf. -
Die Edlen machen ihre Arbeit
unsichtbar, das merk ich immer wieder.
Nur Faulpelze zeigen sich stets
fleißbeseelt. Sie faulen heimlich

Mittwoch 8. Februar Aschermittwoch
desto mehr. - Morgenstund' hat
goldene Ohren. Man weiß es, es
ist kein großes sondern eher
kleines Geheimnis, daß Sonntag-
morgende gerne sinnvoll genutzt
werden wollen. Störungen werden
da nicht mehr als solche

empfunden.

Donnerstag 9. Februar

Es gibt für einen Junker nicht Vieles,
daß schöner wäre, als auf einer
sonnigen Terrasse in einem
gepolsterten Stuhl zu sitzen. Er
genießt dies vor allem, wenn seine
Familienmitglieder drinnen im Hause
wilde Gefechte ausführen. Er hält
sich gerne raus.

Freitag 10. Februar Steuertermine: Umsatzsteuer,
Lohn- mit KiSt. etc. Vergnügungssteuer (Ende der
Schonfrist: 15.2.89)

Der dteutsche Junker ist entweder ein
Fleißbolzen oder ein Faulinchen,
besonders wohl der süddeutsche,
warum, weiß ich nicht. Bei uns wird
derzeit ein Hummelnest zerstört. Da
nämlich der Asthaufen, in dem sie
nisten, entfernt werden soll.

Samstag 11. Februar

Das mag nun sehr traurig sein, ich
mache mir aber keine Sorgen:
letztes Jahr nisteten sie in einem

alten Komposteimer, bis der
entleert wurde. Ich finde das ganz
in der Ordnung. So soll's wohl
auch sein.

Sonntag 12. Februar
Man schreibt ja nicht umsonst so ein
Buch; man will sich damit vom
Streunen und von anderen
Dummheiten fernhalten. Es bedeutet
das Einlegen einer gedachten Bremse,
ein internes Stopp-Schild.

Montag 13. Februar
Die Hummeln schwärmen derzeit
aus und suchen Neubauten zum
baldigen Bezug. Ich lasse ihnen
die denkbar freieste Wahl, keine
Beschränkung meinerseits sei
ihnen auferlegt. Ich wünsche
lediglich rechtzeitig gewarnt zu
werden, daß ich mich darauf

Dienstag 14. Februar
einrichten kann. Wir besuchen unsere
Verwandten in Neunkirchen. Sie haben

25

gerade genug damit zu tun, sich in ihrem Neugebauthaus richtig einzunisten. Ich habe mir den Kulturteil der Frankfurter Allgemeinen mitgenommen, mit einem grünen

Mittwoch 15. Februar Steuertemine
Gewerbesteuer, Grundsteuer (Ende der Schonfrist: 20.2.89)
Allzweckgummi habe ich ihn an meinem rechten Handgelenk festgemacht. Jetzt sind wir mit Oma in einem Gasthof in der Fränkischen. Toll, schon die Tatsache ansich. Wir schlugen Oma gerade vor, ein Apfelschorle zu trinken.

Donnerstag 16. Februar
Es sei gesünder als Coca-Cola, die sie sonst so gerne verkonsumiere. Man erklärt ihr, daß diese stärker sei, als der Kaffee, den sie bei uns zu stark gemacht fände. - Man lästert wieder sympathetisch über mein Dichtertum.

Freitag 17. Februar

Ich nehme das ganz entspannt.

Nein, eine gewisse Abhärtung in diesen Dingen ist unbedingt vonnöten. Jetzt kam gerade meine Spargelcremesuppe und jetzt die Schorle und der Wein. Die Suppe ist tatsächlich sehr heiß, man hatte mich gewarnt.

Samstag 18. Februar

Man kann ganz ohne Probleme sovieles machen , daß es erstaunlich bleibt, warum sich heutzutage noch so viele Menschen über so vieles aufzuregen geneigt sind. Regensberg heißt der Ort, wo wir gastieren. - Ich genieße es.

Sonntag 19. Februar

Auf einem Spaziergang hatte ich einen alten Schafsbauernhund gestreichelt, weswegen (nicht nur deswegen) ich zum Händewaschen auf die Toilette

ging. Auf dem Rückweg
begegnete mir ein ausgestopfter
Wolperdinger mit Entenschnabel
und

Montag 20. Februar
Eichelhäherflügeln. Er lächelte
friedlich. Wir sind jetzt mit dem
Essen fertig. Es war gar köstlich.
Im Tale wackeln vier Kühe herum.
Sie bewegen sich in einheitlicher
Richtung. Ein Dackel verläßt in
Begleitung eines Mannes mit
einem

Dienstag 21. Februar
Spazierstock und einem Skistock
den Speisesaal. Es wird zwischen
Oma und Papi ausgekartelt, wer
zahlen darf. Man lästert schon
wieder über mein Tun; ich sollte
nicht mehr soviel schreiben; oder
heimlicher. Und vor allem: Ich
dichte nicht!!

Mittwoch 22. Februar
Ich schreibe bloß... Mein Vater meinte,

ich schriebe moderne Gedichte: „Auf dem Feld steht ein Baum, ein Vogel zwitschert...", fast ein Haiku; „zwei auf einen Schlag...", sagte er später, fliegenbezüglich. Es gibt so vieles, was man bedauern könnte; wirklich traurig.

Donnerstag 23. Februar
Aber gar so schlimm ist's wohl auch wieder nicht; man kann sich ja gegenseitig hilfreich beistehen und beeinflussen. Besonders altmodische Menschen helfen bei der Aufrechterhaltung gewisser Ordnungen. Man spricht jetzt über Omas

Freitag 24. Februar
Ordnungsbedarf bezüglich ihrer Handtasche: Sie räumt andauernd darin herum, um die Vollständigkeit sicherzustellen. Wieder ein Vorwurf an mich: Ich solle angeblich genauso Prosa schreiben, wie meine Gedichte klingen!! Ist das eigentlich gut

Samstag 25. Februar

oder schlecht?! jetzt gilt's den
Aufbruch. Man rüstet sich zum
mühevollen Bergaufstieg. Vorhin rief
ich den dramatischen Kollegen Klaus
L. an und ließ mich von ihm bezüglich
meiner Karriere beraten. Er meinte, ich
sollte

Sonntag 26. Februar

den mir neulich empfohlenen
Kulturtreff jedengefälligst
aufsuchen. Er hat ja recht, aber ich
bin so faul und scheu! Jetzt
schrieb ich gerade wieder an
einem Brief an meine obernannte
Angebetete, eine Balletteuse aus
München, weil

Montag 27. Februar

ich auf einen Freund warte, mit
dem ich einen zweiten Freund, vor
dessen Haus ich trepplings sitze,
„überfallen" wollte. Daß ich jetzt
auf beide warten muß, ist
sicherlich lästig. Aber ich bin ein
ausgesprochener Geduldsknochen.

Ich bin langweilig.

Beäugt von der schönsten Fotografie
vom geliebten „Münchner Kindel" und
auf der Unterlage der Süddeutschen
Zeitung genieße ich die laue
Spätmailuft im Schloßgarten und den
apfelfrischen Geruch meiner
entkleideten Füße. Die Sandalen,

Mittwoch 1. März
alt und ausgelatscht, wie es sich gehört,
sehen so sommerlich aus; neben mir
sitzt schreibend mein Freund und vor
mir steht eine dunkellockige
Amerikanerin, die ihren
dunkelbeschopften Sohn mit einer
Videokamera ablichtet und -lauscht.
Selbst die Brunnen

Donnerstag 2. März
springen vor Freude und unsere
Fahrräder, bei denen gerade die
Amerikanerin stand, sind durch zwei
Ketten eng umschlungen in
unzüchtig naher Entfernung

voneinander abgestellt. Jetzt sitzt
die gesamte „Ami"-Familie
schattig auf einer geparkten Bank.
Auch andere Menschen sonnen
sich hier späterdings, jedoch

Freitag 3. März
vereinzelt, auf den Wiesenstücken
oder den Wegebänken. Die
Gebäude sehen alle sehr
barockanisch aus und müssen
daher wohl gefallen. Klassische
Rockmusik schlug gerade an
unsere Ohren; jetzt schon wieder;
hier ist irgendwo eine Band, mein
Freund Bernd, noch musikalisch-
klassischer veranlagt,

Samstag 4. März
mag das gar nicht. Ich mag alles;
Junker, der ich bin. Ist er ja
natürlich auch; doch er ist ein
Noch-Überzeugterer. Auch er
erstrebt - Glocken schlagen
irgendwo - die baldestmögliche
Heirat. Nur seine zweifelnden

Augen lassen ihn keine
Auserwählte erkennen.

Sonntag 5. März
Kolumbien hat die Wahlen ins
Haus stehen; Terror gibt's da auch.
Das sind Menschen, die haben's
wirklich schwer. Ich dagegen, als
unselbständiger Jungtadeliger: Mir
fehlt's ja doch nur an Bindung.

Montag 6. März
Nach einer atemaushauchenden
Radrennfahrt mit dem Freunde von
meiner Wohnung zu seiner, mußte ich
erstmal zur zuckerlichen
Aufstockung meines Blutspiegels
drei Stück Kinder-Em-Eukal
einnehmen. Ich hatte mir neulich
an einem schönen Partyabend-Tag

Dienstag 7. März
in wohlweiser Vorausschau eine
Packung davon beim Tengelmann
gekauft. Auch ein Buch von Shirley
Mc Laine für 2,25 DM. Beides sehr

nachhaltige Käufe. Es war auch weniger Haltbares dabei, so z.B. ein Pudding von Nestlé, den ich beim Freunde hier mit

Mittwoch 8. März
seiner Schwester verputzte. Ich mache gerne schleichende Werbung.
Schließlich bin ich Kaufmannslehrling. Da bekommt man sowas auch mit. Freilich steht es dort im Hintergrund: „Man macht's halt!", möchte man ausrufen. - Ja, schreibt denn der gar nichts Interessantes? (Werden Sie jetzt denken!)

Donnerstag 9. März
Nein, ich muß enttäuschen. Bei mir, da gibt's nicht Sex nicht Crime, ich bin ein allzu freisinniger Junkerbubi und nicht gewillt noch gesonnen, über die eindeutigen Grenzen hinauszugehen, die mir Robert

34

Walser gesetzt hat.

Freitag 10. März Steuertermine Umsatzsteuer,
Lohn- mit KiSt. Der Arbeitnehmer, Getränkesteuer,
Vergnügungssteuer, Eink.- mit KiSt. Der Veranlagten,
Körperschaftssteuer (Ende der Schonfrist: 15.3.89)

Vergessen Sie man bloß die
Steuertermine nicht, man weiß
niemals, was sich alles
herausschlagen läßt aus unserem
geschundenen „Papi Staat". Es ist
wirklich einer, man muß es
zugeben: Er umsorgt uns wie eine
müde, aber fleißige
Elefantenmutti.

Samstag 11. März
Antimelancholia, eine Kassette für
den B. vom A. Sehr schön, allein
der Denkansatz. Wenn's mich
auch nicht direkt angeht und
betrifft. Ich bin ein derzeit
grundglücklicher Mensch. Von
mir aus gäbe es keine ernsten
Sorgen mehr zu behaupten.

Sonntag 12. März
Es wird wieder gerätselt, was für
ein Tee getrunken werden soll.
Wir sind beim A. zu Besuch,
wollen gar übernachten; wie
absolut ungewohnt! Zum Glück
wohnt A. sehr nah bei meiner
Ausbildungsstätte. Das ist gut so;
aber unwichtig; bei meiner
Fahrradrennfahrmeisterschaftlich-
keit!!!

Montag 13. März
Die „Architektur" (?) bei Chopin wird
von den beiden Freunden trocken
diskurriert. Mich interessiert er eher
feuchtfroh und
virtuos-verzückend. „I like
Chopin!" Ich bin ein Popmusik-
Klassiker-Liebhaber, das muß
festgestellt bleiben. Es ist keine
„Bironic romantic music", says
my friend A.

Dienstag 14. März
Keine Sentimental-Musik sei

Chopin, es sei denn man
pedalliere zu stark. Sie wissen
beide so viele Besonderheiten aus
der Klassik.

Das Geländer klappert
gelegentlich, wenn Leute gerufen
werden, die.... (?)

Mittwoch 15. März
Ich bin in der Firma und
konfiguriere erfolgreich „Arbeit".
Ich mime den aufmerksamsten
Mitmacher und gedanklichen
Teilhaber und bin dabei nur ein
schleichender Bleistiftzerkäuer.
(den Bleistift habe ich leider zu
Hause vergessen, ich bemerke nur
einen Füller und

Donnerstag 16. März
einen geliehenen Kuli in meiner
Reichweite). Das geht sehr
erfreulich, man hat nun keine
Schwierigkeiten mehr. Die Arbeit
fließt ihren nilhaften Fluß; ich
lasse mich krokodilgleich treiben.

- Als Jungmann bin ich heute
besonders mangelhaft rasiert; man

Freitag 17. März
unterdrückt bissige Bemerkungen mir
gegenüber; ich will nicht wissen, was
intern gequatscht wird. Mir auch so
ziemlich robert-walserisch
gleichgültig. Viele bunte Bilder werden
hierorts verwendet; ich finde das
malerisch bequem. Das ist doch toll, so
ein Bombenaufwand.

Samstag 18. März
Man darf nur nicht aufschrecken,
wenn man ertappt wird und wenn
doch, dann sofort alles freudig-
aufgeschlossen erklären; aber,
ach: passiert nicht, keine Bange.
Dies ist kein Tagebuch! Ich
schreibe hier stündlich. Man muß
langsam abschreiben hier; in
jedem Sinne; wirtschaftlich,

Sonntag 19. März
bei meiner netten Firma ohnedies

38

und vom Nachbarn, damit er seine
Fehler rechtzeitig ausbessert. Man
kommt recht schnell vorwärts; es
flutscht eifrig und heiter voran.
Ein paar flapsige Englischbrocken
darf man einstreuen, hier hören ja
doch alle Popmusik. Und die

Montag 20. März Frühlingsanfang
kaufmännischsten eben heimlich.
Der Dozent erklärt wieder etwas,
man tut sich gelegentlich schwer,
ihm zu folgen. Aber das gibt sich;
man mausert sich im Zuhören und
es wird einfacher. Die
Verrechnungskonten sind
tatsächlich zum „verrechnen"
geschaffen worden,

Dienstag 21. März
ich habe mich da also nicht getäuscht!
Es gibt keine Täuschung mehr. Alles ist
schon so, wie es gottgewollt ist.
Blickkontakt muß man mit allen
Menschen suchen, das wärmt
seeleninwendig toll auf. Man staunt

erstaunlich. Da schmilzt jede
Langeweile wie Zitroneneis im
Wüstenschnee. Wortwälzer werden

Mittwoch 22. März
hier aufgetürmt, Ketten von
Ausredewendungen, es ist eine rare
Wonne. Man will uns nicht
überschütten, tut's aber doch; daß geht
wie duschen. Wie komm' ich auf das
scharfe „s"?! Ich denke zu scharf nach,
wohl! Ach, schwieriges Deutsch; hier
besonders

Donnerstag 23. März
verballhornt. Man macht hier ständig
ganze Schwünge und Bögen
anständiger, tüchtiger Einschübe. Die
Overheadbilder werden zunehmend
kleiner. Man schrumpft gedanklich mit.
Ein Jünkerli hat's halt doch oft schwer;
man duckt sich höflich.

Freitag 24. März Karfreitag
Ich brauche Luft!!

Hilfe!

Langsam darf man ruhig sein,
bloß merken darf

Samstag 25. März
man's halt nicht.

Sonntag 26. März Ostersonntag - Beginn der Sommerzeit
(voraussichtlich)

Beleg Nummer 2 wird laut Lehrer
komplizierter. Das ist nicht ganz
fair; es tötet jeden verbliebenen
Nerv! Haupt-, und Nebenbücher,
Tagesfertigkeit: So bisweilen
weilt's mich schon lange. Aber der
Ausbilder bemüht sich um
knappste Ausführlichkeit.

Montag 27. März Ostermontag

Ostermontag, wie schön, und ich
spiele Plan! Wie unschön. Aber
wieder nur theoretisch, eigentlich
sind es ja nur die Zeitpunkte, die
sich verschieben. Ein
einschläferndes Moment. Heinz

Erhardt lebe hoch; er macht mich
zuweilen gedanklich schmunzeln.

Dienstag 28. März
Hurra, es geht los; es wird
gebucht, ein paar Minuten, sagt er,
wie viele wohl? Ab und zu ein
weißes Konto, ab und zu ein Blatt;
wie? Ich verstehe nichts mehr!!
Ach, ist das lustig. Es gibt hier
vielen hintersinnigen Spaß. Alle,
auch der Lehrer, finden es
komisch.

Mittwoch 29. März
Der einzige, der heute vom
Hundertsten ins Tausendste
kommt, bin wieder mal nur ich;
keiner bemüht sich so sehr um
Eigenständigkeit und sinnvollen
Zeitausgleich wie ich. Man muß
Geduld für so etwas aufbringen.
Leichenfledderer nennt man mich;
neugieriges Spielkind.

Donnerstag 30. März

Man nimmt mir beständig die
Scheu, mich zu geben. Seither
gebe ich mich ständig und ständig
anständiger. Es ist eine sehr
leichte Aufgabe. Man hilft mir
sehr; es ist kein Begreifen mehr:
eher ein „Ergriffenwerden". Wenn
man immer alle Fehler, die man
bei anderen wahrnimmt, auf
eigene zurückführt, erreicht man,
daß die fremden Fehler für einen
selber

Freitag 31. März

an Bedeutung verlieren. Die
eigenen werden dabei auch
kleiner. - Es erklärt sich immer
alles erst im Nachhinein. Solange
versteht man sich miß. Interesse
ist schon ein Beweis für Mitfühlen
und Kenntnis. Das hilft schon viel.
Vor allem, wenn die Stimmlage
dazu paßt.

Samstag 1. April

Nennt mich den kühlen Beobachter.

Sonntag 2. April
Sich Zeit zu nehmen, heißt schon
Zeitgewinn. Mit dieser Art und Weise
fertig zu werden, bedarf der
neuerlichen Überdenkung. Man kann
nicht schuldlos unglückliche
Betrachtungen machen, wenn man im
Zorne schwimmt. Der Überbetrag an
mitschwingender Restwärme ist
erstaunenserregend.

Montag 3. April
Gewagte Metaphern sind nur für
Außenstehende uneinsichtig.
Interne rümpfen gelangweilt die
edle Nase. So gehört sich's, wer
nicht die SZ unterm Arm
geklemmt hat, kann sich nicht

44

richtig auf meine Nerväläste
einstellen. (Dabei lese ich die SZ
gar nicht! Geht ja auch schlecht,
wenn sie unterm Arm
eingeklemmt ist.) Wer schreibt,
wie ihm der Stift geraten ist, muß
notwendigermaßen notdürftig
schockieren. Das hat seine
Bewandtnisse.

Dienstag 4. April

Mit Anstand frech zu sein, das ist die Kunst!

Mittwoch 5. April
Die Ehrlichkeit der treuen Haut
zahlt sich am ehesten aus. Des
Bewunderns wird kein Ende sein.
Die Erbsünde ist die Faulheit! -
Das Doppelgesichtige des Lebens
überrascht. - Der Lehrer macht
bereits Witze; das kann ja etwas

werden. Es bleibt schwierig und
weilt ein wenig lange.

Donnerstag 6. April
Es geht jetzt wieder bequemer. Er
ist ein sympathischer Schwabe.
(Dabei heißt er Zorn!) Er weiß die
Menschen zu nehmen. Er ist wohl
doch eher ein sehr liebevoller
älterer Herr; ein formatierter
Mann, also einer mit Format. Das
mag nun so sein.

Freitag 7. April
Dennoch kann man sich überraschen
lassen. Und man läßt sich auch... Es
greift nun eine derart atemberaubende
Gemütlichkeit um sich, daß man
ehrlich staunen muß. Die
auszustoßende Energie wird immer
weniger, die einbehaltene immer
erquicklicher. Langeweile ist nur ein
Wort.

Samstag 8. April
Manche fühlen sich etwas

angelascht! Ganz umsonst. Sie denken sich sonst etwas. Laß sie denken! Sie mögen tun, was ihnen beliebt, die Herren aus München und Freising von und zu hie und da. Ich, meinerseits, tummle mich und spitze die verehrten Ohren. - Die Randständigen sind die Vergnügten!

Sonntag 9. April
Wenn am Ende Zeit übersteht, ist es kein Wunder, wenn man sich entschließt, sie auszunützen und zu nutzen.

Montag 10. April **Steuertermine** Umsatzsteuer, Getränkesteuer, Vergnügungssteuer (Ende der Schonfrist: 17.4.89)
Ich setze hier eine etwas deutlichere Zäsur. Zunächst, weil ich hieran schon lange nicht mehr schrieb, dann, weil sich so dermaßen vieles Befreiendes und auch Beengendes für mich

ereignet hat. Ich fange irgendwo
damit an:

Dienstag 11. April
Jüngst, anläßlich einer Art
Pfingstfeier, träumte ich zum
ersten Male lebhaft und
nachvollziehbar - es war ein
nächtlicher Tagtraum - von meiner
vergötterten Ballett-Virtuosin. -
Ich sah, wie sie auf dem Poster an
der Wand plastische Farbe

Mittwoch 12. April
annahm und mich abwechselnd
fragend und erkennend anblickte.
Ich hörte ihre Stimme nicht,
jedoch relativ laute Radio- und
Kassettenmusik, die stets
faustaugentrefflich zu „ihrer"
Gestik, nein, ihrer Mimik passte.
Ich schaute immer wieder geniert
weg, war dabei

Donnerstag 13. April
aber ganz ruhig. Es war ver-
bezaubernd. Aber das war ja bloß ein

48

schöner Traum. Viel ereignisreicher
wurde alles etwas später. Ich kam in
die neue, großraumbürokratische
Abteilung meiner Ausbildungsfirma,
welche Großanlagen der
Grundstoffindustrie (was immer das
sein mag) vertreibt. Wen nicht alles ich
da

Freitag 14. April
kennen und verlieben lernte! Da waren
vor allem eine hellbraunhaarige,
deutsch-stämmige (Berlin und
Österreich) Schwedin mit viel Make-Up
wegen der Pickelnarben im Gesicht, die
die Rolle einer Praktikantin oder
Informandin spielte; dann eine
zuckersüße Französin mit verbissenem

Samstag 15. April
Mündchen, die schon vier oder
fünf Jahre in unserer Stadt
zugebracht hat, ohne daß ich sie je
bemerkt hätte. Sie ist
festangestellt. Dann ging ich auch
noch mit der Abteilung auf den

„Berg", welches eine Kirchweih
ist, und wurde von völlig
Wildfremden beim Nachnamen
gerufen. Einer sagte laut,

Sonntag 16. April
als ich mit dem Fahrrad floh:
„Wollen Sie mir nicht 'nen Schal
abkaufen, Herr Zimmer?" Ich
schmunzelte daraufhin etwas
beklommen. Kurz davor hatte mir
der stadtbekannte
Bergkirchweihscherenschnitt-
schneider für einen Symbolpreis
von 4 DM billiger als sonst ein
mich darstellendes „Weichbild"
aufgedrungen.

Montag 17. April
Seine Tochter, so flüsterte er eilig
und verständnisinnig, sei ja so
verliebt in mich. Er sprach in
diesem Zusammenhang auch
meine Junkereigenschaft als etwas
Bemitleidenswertes an. - Ich war
tief berührt und beschämt und

ging mit einem Hängekopf durch
die fliehend engstehende Menge
und den

Dienstag 18. April
bierlaunigen Lärm der Schau- und
Fahrgeschäfte auf die
Bergbierfreistände zu, um
beruhigend bekannte
Ausbildungskollegen zu finden.
Auch diese waren angenehm
zurückhaltend. Ein andermal ging
ich mit der Abteilung zur besagten
Kirchweihehandlung. Nur war's
diesmal in einem bierselig
dampfenden Bierzeltriesen. Hier
zeigte ich mich schüchtern.

Mittwoch 19. April
Man rumpelte sich gegenseitig zum
Schunkeln an. Die be- und
angetrunkenen Kollegen musterte ich
mit aufmerksamer Vorsicht; was diese
noch mehr irritierte und verlangsamte
(Bier beschwingt nämlich nicht) oder
besser gesagt „beunfugte". Als mein

direkter Zurzeitchef schon weg war, nur
noch der übergeordnete

Donnerstag 20. April
und eine Sekretärin älteren,
schrulligen Semesters und ein paar
mir bis dahin eher noch
unbekannte Kollegen da waren,
verließ ich mit einer süßen,
blöndlich-lockigen, nicht mehr
ganz schlanken, ehe- oder
sowasähnlichberingten 24-
jährigen Kollegin das schunkelnde
Zelt, um

Freitag 21. April
verschiedene wilde Geräte zu
befahren. Wir trafen in den
Göndelchen der schwungvollen
Vergnügungsräder auf viele
hübsche Menschen. Auf ebener
Bodenfläche traf ich in ihrer
Begleitung zwei Schulklassen-
kameraden, einen mit Freundin,
den andern mit

Samstag 22. April

Medizinstudentenbart. Dann, was
mich besonders freute, meine
Schwester und Schwager. Meine
entfernte Kollegein schwatzte
eindringlich mit meiner
Schwester, mein Schwager und
ich, kopfmäßig zu hoch, um in
dem Lärm allzuviel zu verstehen,
tauschten vielsagende,
spottfreudige und

Sonntag 23. April

scheingelangweilte Blicke. Er war es,
der mich am entschlossensten für
verrückt erklärt hatte; das war nun
scheint's, da ich mit weiblicher
Begleitung und in offensichtlicher
Normalität auftrat, vorläufig vorbei. -
Als wir auch noch das
trägeschaukelnde diesmal
Besondersriesenrad mit nächtlicher
Skyline und Fürth-Nürnberger
Pärchenbegleitung hinter uns gebracht
hatten (5 Drehungen = 5,- DM),

Montag 24. April

schlenderdrängten wir nochmal in's
Bierzelt, verabschiedeten uns von den
anderen und gingen dann eingeklinkt
und unter ihrem Regenschirm in eine
Tanzbar, wo wir Foxtrott traten, uns
gegenseitig, v.a. in den Pausen
Komplimente zuflüsternd.

Dienstag 25. April

Es war ein seltenes Erlebnis und
nur vergleichbar mit dem
Discobesuch mit „Urmel" in
England. Wir tranken einmal
sogar aus ein und demselben
Glase Cola und sie brachte mich
deutlich nach 1.00 Uhr, die Bar
war noch voll, mit dem Taxi vor
ihre Haustüre,

Mittwoch 26. April

hinter der sie ihren Autoschlüssel
organisierte, um mich dann bis vor
die meine zu echauffieren. Es war
alles sehr sehr reizend.

Donnerstag 27. April

Was mir noch stets ein bißchen

schwerfällt, ist es, die üblichen
Zeiten einzuhalten. Ich kann alles,
was ich vielleicht kann, jederzeit
tun, aber die entjungferte Mitwelt
scheint ihre festen Bürozeiten
einhalten zu müssen; es gilt also,
einen beständigen Uhrenvergleich
zu betreiben: sehr ärgerlich.

Freitag 28. April
Ich lasse mir manchmal ganz gerne
etwas entgehen, z. B.
Fernsehsendungen; äußerst lästig
können diese sein; so lang und
umfänglich. Man sollte nicht mehr so
genau in den Programmheften
nachsehen. Abschaffen sollte man
diese aber auch nicht. Man sähe sonst
noch blinder draufzu. Manchmal bin
ich geradezu glücklich

Samstag 29. April
über eine echte verpaßte Chance.
So etwas gibt bejahenden
Auftrieb: Man konnte wieder mal
auch ohne „es" leben. Diese

Genügsamkeit ist nicht nur für
Junker eine Lebensnotwendigkeit.
Verpassen und Genießen. Das
auch ist wohl eine Kunst.
Sonntag 30. April
Ach, ich habe SIE wohl verärgert:
einen allzu frechen Brief schrieb
ich ihr: unfrankiert, ich schäme
mich ja so. _____... Doch ich habe
diese Schmach und Schande nicht
auf mir sitzen lassen.
Sogleich; nein,... etwas später,
nachdem ich

Montag 1. Mai
wieder normal geworden, nahm
ich eine Bildpostkarte zur Hand,
einen anthroposophischen
Kinderelefanten beim auf eine
angelehnte Apfelbaumleiter
zutrotten darstellend. - Auf die
Schriftseite praktizierte ich Ihre
aufwendige Autogrammadresse
und das Rumpfwort
'Tschuldigung, dazu mein
Vorname

56

Dienstag 2. Mai
und mein Adreßstempel. Ich war
ja so gerührt...

Mittwoch 3. Mai
Doch es beginnt ungerührt eine
neue Arbeitswoche, dafür möchte
ich am Donnerstag nach der
Landeshauptstadt fahren. Oh ja, es
wird leuchten, dieses München.
zumindest irgendwie. Man könnte
sich jetzt daran gewöhnen, daß
alles so flutscht und funktioniert.
Doch das wäre wiederum riskant.

Donnerstag 4. Mai Christi Himmelfahrt
Die Rückgewöhnung an die
Widrigkeiten des Alltäglichen fällt
dann besonders schwer, während
der umgekehrte Vorgang ungleich
leichter gewesen ist. Also,
Jünkerli, halte dich fest und dazu.
Sei standfest in deinem Eigensinn,
aber auch treulich in deinem

Befolgen. Ja, jaah, uah…

Freitag 5. Mai Europatag
Welch ein Europatag! Welch eine
Europäisierung sich seit letztem
Jahre, welche Reunisierungen in
diversen Spaltungsländern, als da
wären Nord- und Südjemen,
Nord- und Süddakota, Nord- und
Südtirol, Nord- und Südpol... oder
so ähnlich,... zugetragen haben.
Nicht nur das politisch
unbedeutende Deutschland machte
dieshinsichtlich

Samstag 6. Mai
positiv von sich reden. Es ist eine
allgemeine endzeitgestimmte
Radikalentspannung, die sich
beobachten läßt. Eine heilsame
Druckentlastung und so weiter. __
Derzeit frühstücke ich und freue
mich, daß mein feminines
Gegenüber nicht mehr Urlaub hat.
Sonntag 7. Mai
Ich schreibe mit dem

Weihnachtsfüller vom
französischen Weißberggipfel,
made in Germany. Meine
Gegenüberin ist eine womöglich
oben schon erwähnte Schwedin;
ja, ich sprach bereits von ihr. Sie
rechnet Saldenlisten aus: ganz
süß!! Auch Brot, Quark mit Frucht
und Banane hat sie mit.

Montag 8. Mai

Wie war das mit dem
Liebesmagenbauchdurchgang? In
meinem „Tip der Woche"-
Horrorskop steht ausführlich, daß
ich mich schnell verliebe und
überhaupt in der Arbeit mit
Neuem experimentierfreudig in
Berührung kommen werde. Darf
ich mich also freuen oder läuft's
mir schon gruselig den Rücken
runter?

Dienstag 9. Mai

Ach ja, ich bin ja in meinem Mai
angekommen: Mai 1989, ein
verhängnisreicher Monat für mein

zartes Junkerleben war das. Ich
erzähle es Ihnen lieber nicht; es
wäre allzu exhibitionistisch.
____ Ach, es ist eine heiterselige
Freude, hier zu arbeiten. Mit der
gnädigen Tarifuhr im azubialen
Rücken.

Mittwoch 10. Mai **Steuertermine** Umsatzsteuer
etc. pp. Vergnügungssteuer (Ende der Schonfrist: 16.5.89)
Schon wieder Steuern zu
erinnern. Aber Steuern sind was
Feines!
Man gibt Geld ab, ohne es zu
merken, da man es einfach gar
nicht erst bekommt, und bereitet
anderen Menschen dennoch viel
Freude; sich aber auch. Denn was
nicht alles erstattet uns weiter
oben besprochener Papi-Staat
zurück?

Donnerstag 11. Mai
Es gibt vieles, was er uns
geradezu schenkt; ... und kleine
Geschenke halten die Stimmung

angenehm lauwarm. Wer würde,
wer sollte oder müßte seinen Staat
denn schon innigheiß lieben?! Das
wäre, es ist grundverkehrt und
führt nur zu Verhängnisvollem.
Gerade eben las ich nochmal in
dem vertragsähnlichen Vorwurf,

Freitag 12. Mai
nach dem wir, meine zwei
Kleeblattkunstundliteraturfreunde
und ich berühmt werden sollen. Er
ist von zwei bereits länger
gleichaltrig erwachsenen Kollegen
meiner Minderwertigkeit verfaßt
und verspottet worden, um uns die
nötige Scheu und das
Lampenfieber zu nehmen.

Samstag 13. Mai
Ich habe einen jungen Mann und
entfernten Kollegen wiedermal
gesehen, mit dem ich mich dann
und wann sehr lächelnd
unterhalten hatte. Er kannte meine
Tanzpartnerin von neulich beim

61

Namen und freute sich mit mir
über den gelungenen Abend. Ich
sollte Grüße ausrichten, sagte er,

Sonntag 14. Mai Pfingstsonntag Muttertag
und er selbst wäre auch wohl
gerne mit ihr Tanzen gegangen,
wenn er nicht, wie ihr Mann, ein
Tanzmufflon wäre.
Ich muß sie heute anrufen, die
liebe Frau Normaltänzerin. Sie hat
es sich verdient, so spät wie sie
mich nach Hause brachte; lieb!

Montag 15. Mai Pfingsmontag
Sie ist ja wirklich ganz nah in
diesem Haus. Pfingstmontag ist
heute, besser hier im Kalender,
vor einem Jahr, und morgen
Mittemaigeburtstag. Das ist doch
ein Termin, oder etwa nicht? – Ich
war mit der Normaltänzerin beim
Kantinenessen. Sie rief mich, da
sie

Dienstag 16. Mai **Steuertermine** Gewerbesteuer,
Grundsteuer (Ende der Schonfrist: 22.5.89

demnächst Urlaub habe, von sich
aus an. Angst oder Besorgnis hatte
sie nur, daß mein Flirten mit ihr
bloß „Berg"-Stimmung gewesen
wäre. Ih wo!
Das gibt´s bei mir nicht. Entweder
kenne und beachte ich jemanden
oder eben beides nur teilweise.

Mittwoch 17. Mai
Ich liebe ja doch alle Menschen
und Tiere, die ich kenne und
später auch die, die ich erst noch
kennenlerne. Und das geschieht
recht häufig in allerletzter Zeit. Ja,
so ist's wohl schon. Ich bin
tatsächlich vom handelsüblichen
Junkerlein zum Junkie und
Stadtpiraten aufgeklettert. Oder
was an ähnlichen Ausdrücken
noch zu finden wäre.

Donnerstag 18. Mai
Es ist heute der 12.6.90; d.h. ich
nähere mich diluvial dem
Zeitpunkt der Buch- und

Realitätsgleiche. Dies ist nicht
bloß erfreulich, sondern ein wenig
auch erstaunlich; da nämlich mein
Zeitaufwand für dieses hier sich
immer bemessener ausnimmt und
es folglich naheliegender wäre, an
einen langsameren Fortschritt
glauben zu nehmen. Mit
Christiane, der Tänzerin, hatte ich
vor, während und nach dem Essen
ein herzerfreuliches

Freitag 19. Mai
Gespräch und erzählte darin von
meinen literarisch schon
verarbeiteten
Liebesverunglückungsepisoden.
Sie konnte sich des Mitlachens
nicht entschlagen. Zum Glück nur,
war ich unaufdringlich genug,
sodaß sie nicht prusten mußte. Sie
erwartet den Fortbestand der
lockeren Betanzfreundung in
brieflicher Nähe und
Kontakthaltung oder so ähnlich.
Samstag 20. Mai

Nun nähert sich der Zeitpunkt, wo
der Arbeitstag endet und ich den
vielleicht letzten Brief an die
Münchener Hauptangebetete
fortposteln werde. Die letzte
deshalb, weil ich „sie" ja wohl
vielleicht in München am
Fronleichnamstag sehen werde.
(Vielleicht auch nicht. Mir ist jetzt
alles

Sonntag 21. Mai

so außerordentlich egal.) Wenn ich
„sie" indes sehen würde und sie
mir geradenasig ins Gesicht
blickte, wird sie mir gewißlich
ihre berechtigten Aversionen
gegen mich unverblümt ins Antlitz
pfeffern; und wie wollte, wie
sollte ich mich da wehren? Ich
weiß mir keinen Unrat.

Montag 22. Mai

Ich muß mich halt weiterdrehen in
der krausen Umklammerung der
Um- und Mißstände, der
Notwendigkeiten und

Überhebungen. Ach, ich bin so
trübe! Tasse, die ich bin...

UN-
MUTS-
ER-
SCHEIN-
UNGEN

Dienstag 23. Mai
Eine hiobische Botschaft folgt der
anderen. Der eine Freund ist schon
lange nach Regensburg unterwegs,
der zweite wohl mit ihm, der
Dritte mag mich nicht abholen, zu
umständlich, ich verstehe das ja
schon; und den vierten weiß ich
nicht, wie ich anzurufen hätte.

Mittwoch 24. Mai
Das ist ein Problem; er fährt wohl
Zug, da könnte ich ihn ja
begleiten. Oder ich schau, daß ich
nach Regensburg gelange und von
dort weiterfahre; ach, alles ist so
furchtbar offen. Aber München,

10:00 Uhr steht felsenfest.

Donnerstag 25. Mai Fronleichnam
In der Abteilung geht's jetzt etwas
konfus zu, aber ich bin nicht sehr
gestreßt. Man hat noch Atemluft;
aber es ist lustig. Nur meine Cola-
Light; igitt, mag ich jetzt nicht
trinken, vielleicht im Zug.
München, Moloch?! Neinnein,
aber ein betonierter,
klassizistischer Garten.

Freitag 26. Mai
Man muß sich in ihm geradezu
verirren. Es ist sehr fährnisreich,
sich dort aus der Hand gleiten zu
lassen. Wir waren mit drei
Managertypen im Café Extrablatt.
Trafen uns am Siegestor. Es war
äußerst belustigend; sie nehmen
uns zu ernst. Aber vor allem sich
selber. Wir können auch ohne
„die".

Samstag 27. Mai

Pfui Krabbensalat

Sonntag 28. Mai
Wir können gar nix. Wollen wir
warten. – München war ein
geballtes Erlebnis. Es läßt sich in
so ein kleines kalendarisches Buch
kaum einfangen. Jetzt sind wir auf
einem sonntäglichen Besuch bei
unseren neunkirchner nächsten
Verwandten. Es ist warm und
haufenwolkig. In München waren
wir zu zweien bei der
Vermittlungsanstalt für meine

Montag 29. Mai
ballettuöse Angebetete. Wir ließen
uns, behangen mit
elektromagnetischem Gerät, auf
einen Interviewtermin mit

telefonischer Vereinbarung
vertrösten. Ich litt dabei an
Vorabherzflattern.

Dienstag 30. Mai
Ich ging sogar mit dem Freunde in
eine Kirche Schwabings. Ich
mußte mich „abreagieren". Beim
Klingeln und Vorsprechen war ich
daher nurmehr äußerlich nervös.

Mittwoch 31. Mai
Und was mache ich zur Zeit?! Ich
sammle weitere Beschlagteile für
mein Outfit. Ich bin ein alt
werdender Rasselkasper. Ein
Schelm und Spruchverderber.
Sprachvermixer, der ich bin. Bin
ich an allem Schuld? Gefasel!!!!

Donnerstag 1. Juni
Aber jetzt besehen wir in
familiärem Kreise Dammwild; aus
weidlicher Ferne, liegt aber an der
tierlichen, nicht der menschlichen
Scheu. Sie haben noch Bast am

Geweih, diese jugendlichen Kerls.
Auch bei Wölfen, so war neulich
zu hören sind außer Madame

Freitag 2. Juni
und Monsieur „A" alle anderen
Junker und Jungfern. Oh, wie
romanbelastet; Gönnen wir jedem
mal die A-schaft.

ICH MERKE ES HALT
IMMER WIEDER; ICH
VERSTEHE DIE
MITMENSCHEN HALT
VIEL ZU GUT; DAS
ERTRAGEN SIE NICHT
LANGE.

Samstag 3. Juni
Nein, im Ernst, ich habs in
Pommersfelden deutlich geradezu
allzu überdeutlich bemerkt. Ach,
ich habe mich sterblich in ein
Kind der Baiern verliebt.
(Wiedermal in die Eigentliche).

Eine schon anderswo besungene,
gebürtige Rosenheimerin. Lebte
jahrelang studierend in Erlangen,
kennt Tennenlohe; mich schon
zwei Jahre lang. Ach ja, ich mag
sie schon.

Sonntag 4. Juni

Sie ist gewiß von jüdischer
Abstammung; schwarzes Haar
und ihr deutscher, bildhaft-
gegenständlicher Name legen dies
nahe. Andererseits und zudem
ganz am Rande angemerkt, ist sie
katholisch oberbayerisch.

   ...schade, es verging nun schon
        wieder einige Zeit, und es
        stellte sich unterdeß
        heraus, daß sie nicht nur
        kastanienbraunes Haar hat,
        sondern

Montag 5. Juni

auch meine immer aufdringlicher
werdenden Anbandelungsversuche
rundweg abblockt. Wir reizen uns
so kartenspielerisch gegenseitig,

daß am Ende keiner zum Zuge
kommt; wäre das nicht eine zu
exklusiv-explosive Basis für etwas
Ehelich-Gedachtes? Ich male es
mir nicht aus. Das tun schon die
Anderen.

Dienstag 6. Juni
Durch Schicksalszufälle, sah ich
sie in den letzten Wöchlein derart
häufig und derart mir zu- und
abwendig, daß ich nun abgeklärter
in die buntfarbige Welt
hinausblicke. Meine Ängste sind
nun tolerierbar geworden. Ich bin,
glaube ich, auch nur ein
Gesundender.

Mittwoch 7. Juni
Ach ja, ich trage jetzt einen
Freundschaftsring. Mehr als
Abschreckung denn als
Gebundenheitsmerkmal. Ich vermute,
daß ich mein Leben nun wirklich gern
haben darf.

Donnerstag 8. Juni
Manchmal fällt mir noch das
Schreiben schwer, nicht der Hände
wegen, sondern einfach wegen der
häufig flötenspielenden bzw. –
gehenden Inspiration.
Aufputschmittel gibt's allerdings
genugsam: vom Pausenriegel
angefangen, über die
Schokonußcreme

Freitag 9. Juni
bis, ich will's nicht gerade
aussprechen, oder doch: bis zum
Capuchino. (Oder schreibt man
den mit Doppel-C?)
Heute hatte ich hier eine Tee-
Orgie mit intellektueller Notlage;
im kleinen, im kleinsten Kreise
allerdings. Nur wir drei-aus-dem-
Junker-Club.

Samstag 10. Juni
Wir wollen ja gemeinsam eine
Bilderausstellung begeben. Toll,
nicht wahr? Oh Gott, ich mach'

lieber Schluß für heute.

Sonntag 11. Juni

Heute kauften wir im Familienverband allerhand Nutzvolles in einem schwedischen Allzweckmöbel-großwarenhaus. Dabei sah ich Julia, eine Ex-Bekannte meines Spezialfreundes. Sie sieht, so meinte ich immer, einem Serienstar aus der amerikanischen Fernsehserie „Dallas" (oder war es „Denver-Clan"?) sehr ähnlich, hatte ihren Freund dabei und ich glaubte lange nicht, daß sie es wirklich sei.

Montag 12. Juni Steuertermine (schon wieder) etc.pp.

Man irrt sich da ja leider oft genug. Ich gebe es, das gehört jetzt nicht hierher, ich geb's auf, nach Butterfliegen (aus dem Englischen rückübersetzt für „Schmetterlinge") zu haschen. Ich beschränke mich fürderhin auf die erreichbaren Dinge: Stubenfliegen! Ich habe schon

eine Fühlerkorrektur
vorgenommen. Alles findet sich.

Dienstag 13. Juni
Ich geb' die edlen Falter (z.B.
münchener Ballettänzerinnen) hin
an edlere Hummeln.
Faselfaselfasel...

Mittwoch 14. Juni
Irgendwie glänzt heute alles so
nach Neuanfang; so verregnet wie
der Tag ist. Und jetzt, übrigens
Tage später, (als die Notation der
vorangehenden Worte), glänzt das
Grün und leuchtet das Blau wieder
so lebensgewaschen-rein. Ich habe
in mir insgeheim die Trennung
beschlossen von der noch kaum
gar nicht erst richtig im Ernst
begonnenen Beziehung.

Donnerstag 15. Juni
Aber: ich ging mit jemander!
(Anmerkung bei der Abschrift in
den PC: Weiß gar nicht sicher, wer

da gemeint gewesen sein könnte.)
Ich bin kein ungeborener Wicht
mehr. Ich habe mich in eine alte
Verliebtheit zurückverliebt; das ist
schön, aber unbedenklich; ich
wünsche sie mir nur als liebe
Bekannte. Und das habe ich fast
schon. Ich freue mich kindiglich.

Freitag 16. Juni
Ich habe alles verpfuscht mit
meinem unzeitigen Brief! Ich
schäme mich beinahe und schreibe
gleich einen zweiten,
entschuldigenden hinterher. Es
muß jetzt ernsthaft geliebt werden
oder „angehimmelt". Oder, nein.
Richtig, mitleidslos; es geht um
eine ganze Menge Zukunft.

Samstag 17. Juni Gesetzlicher Feiertag in der
Bundesrepublik Deutschland
Ernsthaft, es geht mir jetzt recht
gut. Meine Verliebtheit habe ich
jetzt mit einem wirklich rührenden
Geschenk – ein Schlaf-

Stoffhäschen mit angebundenem
„normalen Schlumpf", den ich ihr
persönlich ins Angesicht als
dessen Dompteur vorstellte – sehr
geschickt bekräftigt.

Sonntag 18. Juni
Ich habe sie weiterhin sehr lieb
und mag sie mehr als die
firminelle Kollegin. Auf dem
Sommerfest der, unserer, alten
Schule trafen wir uns
handschüttelnd wieder; sie war
lieb, aber reserviert. Schon recht,
schon recht, ich nehme das nicht
übel, gegenteils: ich liebe sie
dafür.

Montag 19. Juni
Sie ist eine „Lady", echt wahr.
 - - - Auf dem Sommerfest sah
ich viele bekannte Gesichter,
Lehrer und Schüler und
Ehemalige. Ich schwatzte viel und
in bester Form. Lang, bis zur

Auflösung der Feier, bin ich diesmal geblieben; kam ja auch etwas zu spät an.

(Dienstag, 20. Juni – leeres Kalenderblatt)

Mittwoch 21. Juni Sommeranfang
Ich bin auch nur, wie alle, ein reflexives Wesen: Es geschieht da um mich herum etwas und ich reagiere.
Das ist schon ganz recht so.
Jedoch zuweilen auch wohl recht eigentlich enttäuschend. Recht betrachtet, springe ich nur selten über das, was ich meinen Schatten zu nennen habe. Ich kann das Rollenschema nicht überspringen. So auch beim Schreiben.

Donnerstag 22. Juni
So war ich zum Beispiel nicht sehr im Stande, alles das zu beschreiben, was ich beim Fest

erlebt und als Glück oder freundliche Schickung empfand. - - - Ich würde gerne beschreiben (können), wie „SIE" (mal wieder eine „SIE") auf mich gewirkt hatte, wie wir aufeinander reagierten und was wir zu sagen vermieden, um das mögliche „Schöne" zwischen zwei Individuen auf einem allgemeinen Fest nicht zu groß werden zu

Freitag 23. Juni Nationalfeiertag in Luxemburg lassen. (Ich lächle über den 23. Juni, der in Luxemburg national gefeiert wird). Nein, was ich sagen wollte, nein, gesagt habe, (6513 Wörter bis hierher – ob das schon Romanlänge ist? Naja, das überhalbe Buch muß ja noch abgetippt werden) das kam mir gerade jetzt so deutlich, weil meine, beim besuchten Patenonkel spielende Nichte und meine jüngste Cousine mich wie einen zähflüssigen Erwachsenen

Samstag 24. Juni

behandeln, den ich ihnen auch
tatsächlich vorstelle; nicht spiele,
ich bin „Er" wirklich! Eben:
reflexiv. Man hat Phasen der
kindlichen Frische – und gerade
als Junker, glaube ich. Hat aber
auch mähliche und langsam
rollende Momente, in denen man
enduristisch, also mehr ertragend
als erfreut, die Welt beschaut;
allerdings ahne ich, unglücklich
zu sein.

Sonntag 25. Juni

Diese Stimmung verhält sich wie
Sommer zu Frühjahr oder wie
Spätherbst zu Ostern. Ich
vermeine, vielmehr, ich will
sagen. Den Faden... ich verlor ihn
mal wieder, aus
Angelangweiltsein. – ich geb's ja
zu, was ich jetzt schreibe ist
ziellos und langeweilheitlich-
inhaltsleerlastig.

Montag 26. Juni

Das ganze Buch bringt ja wohl
sehr bald nicht mehr allzuviel. Mir
versickert so allgegenständlich der
geistige Hintergrund und
eigentliche Anhubgedanke des
ganzen Machwerkes. Wozu soll
ich jetzt in meiner
Frühsommerstimmung noch
meine vermuteten
Junkereigenschaften besingen?

Dienstag 27. Juni

Ich will auch nicht mehr oder
eigentlich einfach ganz anders und
Anderes singen. - - - Und so muß
ich halt den Halbbuch- oder Mid-
Schreibschock irgend auf eine
Weise überwinden. Man erwartet
als Leser ja jetzt irgendwie einen
Höhe-, Kulminations- oder
Wendepunkt. Den kann ich, so auf
Anhieb, nicht recht bieten, er
müßte sich denn ergeben.

Mittwoch 28. Juni

An so einem wie dem heutigen
Tag – es ist Mitte Juli – ist man
nachgebender und
lärmempfindsamer. Schon ein nur
unruhig zu werden drohendes
Gespräch schreckt einen oder
mich dann ab, dabei sitzen zu
bleiben. Man, also ich, suche dann
nicht „das" aber eben „die" Weite;
und die Ruhe, die darin zu
erhoffen ist.

Donnerstag 29. Juni

Unter Kindern ist das „Anführen"
etwas Übliches. Man versteht
darunter das Necken eines
Zweiten, Dritten oder Vierten, um
ihn zu etwas zu bewegen, daß er
von Natur aus nicht vorhatte. Es
ist dieses „Anführen",

Freitag 30. Juni

was die beiden kindlichen
Verwandten mit mir vorgehabt
hatten, da sie mich zum Spielen

mit ihnen verführen wollten. Ich
wollte mich, das ist das Reflexive
an mir, nicht anführen lassen (dies
ist übrigens auch zugleich das
Kindische an mir.) ...

Samstag 1. Juli
Es herrscht ein trostloses
Einvernehmen zwischen mir und
der afghanischen Hirtenhündin
meiner Verwandten. Sie ist ein
Herrenhund, würdevoll und
gemessen. Man muß sich, will
man sich mit ihr abgeben, einfach
darauf einrichten; sich
verlangsamen und meditativ
ausrichten. – Übungs- und
Gewohnheitssache. Ihr Name ist
Sara.

Sonntag 2. Juli
Jetzt benehmen sich die
Kinderlein recht re-zivilisiert. Sie
wollen gerade mal nicht mit mir
spielen, sondern zeigen sich mir
offen.

Montag 3. Juli

Oh ja, ein Schreibtischtäter, das
bin ich ganz gewiß. Mit meinen
beiden Co-Künstlerjunkers in
einem Fachmannsgespräch in der
Kirche meiner zukünftigen
Zivildienstableistung zeigte es
sich. Deutlich waren die beiden
durch mitgebrachte Bilder als
vollgültige Kunstschaffende
ausgewiesen.

Dienstag 4. Juli

Ich dagegen hatte nur meine
stelzige Vernissagenrede als
Referenz zu bieten. Der mit-
anwesende Kunst-
Volkshochschullehrer und –
händler, Mentor der beiden Mal-
Junker brachte viele konstruktive
Einwände und Ratschläge. Der
des weiteren zugegene
Industriekaufmannsauszubildende
-Kollege von mir, kunstbewandert
von der Familie her,

Mittwoch 5. Juli

lobte das Engagement des Mentors, war über die überlegsame Langsamkeit der Aussprache jedoch etwas angespannt-verlegen. Er hatte – natürlich – einen Termin, der Vielbeschäftigte. Doch meine ausgesprochene Randständigenposition wurde weitaus erträglicher ansonsten erging es mir ja ganz gut – als ich meine Rede probeweise halten durfte.

Donnerstag 6. Juli

Sie kam besser durch und an, als erwartet werden durfte. Aber eben: Schreibtischtat! Nun, wer weiß; die gemalten Kunstwerke sind ja wohl auch vom Sitz des privaten Schreibtischhockers aus geschaffene Bildeinheiten; doch nein! – Es sind so komplizierte Maltechniken vertreten gewesen, daß sie nur durch

bodenfüllende Gips-, Trocken-,
usw.

Freitag 7. Juli
-vorgänge und -vorarbeiten
möglich wurden. Die
Unterschiedlichkeiten unserer
artistischen Vorgehensweisen sind
ja eigentlich Kleber und
Trennmittel unserer
Kunstgemeinschaft in gleichem
Maße.
Jedoch, ich sehe es schon; dieses
Buch besteht aus Auslassungen
der wichtigsten Ereignisse.
Lebhafte Szenen kann ich nicht
sichtbar machen; ewig schade.

Samstag 8. Juli
Hier sitze ich nun in einer
Künstlerwohnung bei einem
Ausbildungskollegen, der die
heute absolvierte Prüfung mit
eingeladenen Klassenkameraden
befeiert. Die Stereoanlage umsingt
mich laut und französisch-rockig.

Zwei teppich-belegte Flügel ruhen
in meiner Nähe.

Sonntag 9. Juli
Vorhin spielte ein nun
Schauspieler werden wollender
Mit-Azubi heitere Melodien in
zwanglosem Wechsel darauf
herum. Eher gute Pop- als
„Salonmusik"; wenn ich das
beurteilen darf, als Musikvielfraß.
Vorhin aßen wir mitgebrachtes
Grillfleisch und Salate sowie
Knoblauchbrot

Montag 10. Juli Steuertermine Umsatzsteuer,
Lohn- mit KiSt der Arbeitnehmer, Getränkesteuer,
Vergnügungssteuer (Ende der Schonfrist:17.7.89)
und jetzt zündet man draußen
schon Fackeln an. Im Garten baute
man ein Übernachtungszelt und
ein rundes Schwimmbecken steht
da auch herum. – Alles im tieferen
Teil des Gartens: Ein Hanggarten
am kleineren der beiden Flüßchen
dieser Stadt. Im oberen Gartenteil
stehen waldlich ausgewachsene

Kiefern und Sonnenblumen.

Dienstag 11. Juli
Gemütlich ist es hier jedenfalls; so bewohnt und belesen wirkt hier alles, reisebewandert und kunstbeflissen. Mit einem Wort: blablabla. – Nein, man sollte Romane, auch kleinere, nicht mit Aufzählungen an- und überfüllen, nur um Zeilen und Seiten zu schinden. Ich sollte jetzt mal was tun, anstatt nur immerfort vor mich hinzuschreiben, obwohl es mir gerade

Mittwoch 12. Juli
jetzt eine Wohltat ist, wieder den Füller im Dienste der Schreiberlust und nicht des Firmeninteresses zu regen. Aber man kann beides (gemeint ist wohl: etwas tun oder etwas schreiben und nicht „Schreiberlust" oder „Firmeninteresse") nicht im gleichen Moment, recht vertrackt! Jetzt lauschen wir zu mehreren der

Musik, diesmal Englisches und da
hier der einzig lichte Ort ist und
musikhalber nicht gesprochen
wird, schreibe ich halt wieder.

Donnerstag 13. Juli
Jennifer Warren läuft auf CD und
erfreut mein bluesgestimmtes
(wegen der Prüfung) Herz. „Das
Lied von Bernadette"
(ursprünglich ja wohl von Franz
Werfel) rührte mich herzlich an.
Nein, es hieß: „There was a Child
called Bernadette". Das weiß ich
jetzt, weil es wiederholt wird.
Gerade bemerkte man mein Tun
und befrug mich, ob ich
tagebuchte. Ich klärte das

Freitag 14. Juli
verständliche Mißverständnis
gerne auf und begann auch gleich
den Teil des heutigen Tages
vorzulesen. Den Frager kenne ich
seit der letzten Bergkirchweih
vom Gespräch her, ansonsten vom

Sehen schon seit
Ausbildungsbeginn
unterschwellig. Franz heißt er und
ist aus dem nachbarlichen
Österreich. Das weiß ich auch erst
seit vorhin.

Samstag 15. Juli
In Gesprächen frage ich zwar
gerne allerhand, aber selten
Herkunftsdaten. Eine
eigentümliche Genanz bei mir. –
Wie dem auch jeweils sein mag,
es gibt ja wohl Bedeutenderes, als
das Wie und Wo des Wohers. Sehr
spät erscheint auf dieser Feier
auch die bereits weiter oben als
„Kind der Bayern" erwähnte,
kürzlich gewesene Fast-Affäre
von mir mit ihrem Freund (!), der
es mir zu danken hat, daß ich zu
feige war, mutiger und

Sonntag 16. Juli
dreister zu sein. Auch auf dieser
Veranstaltung sollte ich mir kein

Herz mehr fassen, etwa mit den
beiden auch nur flüchtig zu
sprechen. So ist das halt mit der
Junkerei: sie ist recht eigentlich
eine Eigenschaft des Unterlassens,
nicht der Tat. – Von einem Auf
und einem Ab im Leben des
Junkers war da ganz zu Anfang
die Rede gewesen in diesem Buch.

Montag 17. Juli
Ist es nicht vielmehr ein recht
unschlüssig-wirres Hin- und Her,
verzagtes Suchen und
Herumschnüffeln mit stets neuen
Eindrücken und Verlockungen,
aber doch mehrheitlich in der
Ebene sich abspielend und daher
eben kein Auf und kein Hinab?
Reißt einen nicht erst das
Tatmenschliche aus der
steppenwölfischen Prärie in die
Vertikale des

Dienstag 18. Juli
ereignisträchtigen Lebens hinauf?

Manchen schreckt allzu große
Ereignisfülle ja wohl eher ab und
auf und auch ich neige zur eher
trottend-vertrauten Hintreibung
des Alltags. Man hört allerdings
nicht selten genug auch vom Ehe-
Alltag, von der Zweisam-
Eintönigkeit, der oft gerade
diejenigen erliegen, welche sich
unbesinnlich gleich von der noch
warmen

Mittwoch 19. Juli
Schulbank ins eheliche Leben
hineinstürzen. Eine
Unvorsichtigkeit, der wiederum
auch ich fast in geradenach
torschlußpanikgebeutelter Manier
verfallen wäre mit meiner
balletttänzerischen Münchener
Traumbesetzung (wenn sie denn überhaupt
auf meine zahllosen Briefe irgendwie positiv
reagiert hätte). Das bißchen Zeit zur
gründlicheren Suche und
Ausersehung des lebenslänglich
geplanten Eheteilhabers muß man

92

sich vielleicht doch erübrigen
wollen. Ach, jeder, wie er mag!

Donnerstag 20. Juli
Das Jahr, in dem ich (derzeit)
lebe, entschließt sich nun, seinem
Ende entgegen zu gehen. Nach
nun endlich gerade so lala
bestandener Ausbildung hänge ich
ein wenig in der Luft. Die
Heranziehung zum zivilen Dienst
ohne Waffe am bundesbewehrten
Staat läßt noch reichlich auf sich
warten und so vertrödeln sich die
Tage etwas vordergründig. Auf
den Vorschlag meines nunbaldigen
Dienststellenleiters hin, melde ich
mich erst mal arbeitslos.

Freitag 21. Juli
Der freundliche Herr im Amt kann
es nun gar nicht froh mit ansehen,
wie ein eben ausgelernter
Industriekaufmann arbeitslos
wird. Und er versorgt mich
sogleich mit einer handvoll

Firmenadressen. Da die Zeit bis
zur Zivildienerschaft zu kurz für
eine herkömmliche Festanstellung
ist, gehören sie zu lauter
Leiharbeitsfirmen, Unternehmen
also, die mich für

Samstag 22. Juli
einige Wochen bei irgend
jemanden arbeiten lassen und
dafür einen Teil der Leihgebühr
für sich behalten dürfen. Drollig
ist dabei lediglich, daß der
Hauptauftraggeber dieser Institute,
in unserer Stadt nahezu der
Einzige, mein
Ausbildungskonzern ist. So bin
ich also knappe zwei Wochen
ohne Anstellung gemeldet
gewesen, bevor mich ein neuer
Arbeitgeber in einer Abteilung
meines alten unterbrachte.

Sonntag 23. Juli
Doch sogar in dieser kurzen
Einsatzzeit werde ich noch

versetzt in eine andere Firma, in
eine andere Stadt – die größere der
beiden südlicheren Groß-
Nachbarstädte. Ein
Telefonbuchverlag direkt an der
Endhaltestelle des
Städteverbindungsbusses. Hier
gehe ich einer wochefüllenden
Dauermonitorbeschäftigung nach.
Ich bin an jedem Abend sehr
ermüdet, denke aber wenig
Unnötiges nach über meine
Sonderbarkeiten und

Montag 24. Juli
Alleinsamkeitsskrupel. Eine
gewisse Dauereingespanntheit
macht aus mir gleichsam einen
alltagsgewöhnlichen
Arbeitsteilnehmer. Immerhin habe
ich das angenehm-beruhigende
Gefühl, meine Ausbildung zuende
gemacht zu haben, da sie mir eine
gar nicht so schlecht bezahlte
Beschäftigung bescherte. So kann
man sich auch als

Nebenberufsschreiber über dem
Wasser wandelnd halten. Wenn
nur die Augen nicht so angegriffen

Dienstag 25. Juli
würden: da vergeht einem sowohl
die Lust am Schreiben, wie auch
am Lesen. Dabei ist nichts nötiger
als dieser Ausgleich zum
Einerleidatengetippsel. Da
überrascht mich aus heiterstem
Himmel ein Einschreibebrief aus
Köln vom Amt für zivilisierte
Dienste. Die Arbeit muß ich
spornstreichs abbrechen zugunsten
meines klösterlichen
Dienstgebahrens. Ein Gespräch
mit meinem Dienststellenleiter
bringt nur

Mittwoch 26. Juli
den zur Meldungmachung nötigen
Aufschub um einen Tag. Ich gebe
mir nun Mühe, aber man merkt
und respektiert es nicht: bin ich
antriebsschwach? Vielleicht

96

eisenarm?! Hier bin ich
Hausmeistergehilfe, aber auch den
fünf Patres, der
Pfarramtssekretärin und der
Küchenchefin bin ich als Diener
vieler Herren untergeordnet;
Befehlsempfänger. Das ist die
paramilitärische Komponente.
Drucken darf und muß ich,

Donnerstag 27. Juli
fotokopieren, vergrößern und
verkleinern; Plakate verteilen.
Schaukästen behängen. Im Keller
gibt es auch viel zu tun, zumeist
Hausmeister-Aufträge sind das.
Türen die Farbe anzuätzen oder –
zuschleifen, Räume entleeren um
sie – gestrichen – wieder
aufzufüllen. Wochen- und
Liedblätter sind zu gestalten,
Briefe portosparend auszutragen
oder frankiert zu postkasteln.
Filme an Medienzentralen
rückzuschicken, aber

Freitag 28. Juli
die Augen werden dabei genügend
geschont. Es schreibt sich jetzt
wieder lustiger, aber ich nehme
auch Auftragsarbeiten an, von
kongenial-förderlichen
Kumpanen. Ich rette mich von
Prosastück zu Prosastück. Doch
trotz Midschreibkrisis ist das hier
mein bislang längstes. In den
Mittagspausen esse ich oder fahre
Einkaufen. Jetzt bin ich wieder in
Neunkirchen bei meinen
Schwesterverwandten.

Samstag 29. Juli
Ein Geburtstag wird gefeiert. Ich
schenkte ein Witz- und ein
Asterixbuch. Ein Gartenbuch
schenkte meine Mutter und ein
Babybuch die hübsche
Schwippschwägerin. Apropos
„Schwipp". Ich habe jetzt einen
freundlich-kleinen Schwips von
den kleinglasigen Mandel- und
Amarillenlikören, die ich im

Abendverlauf zu mir nahm; oh
leckere Sünde! Eigentlich ist es ja

Sonntag 30. Juli
eine Belanglosigkeit. Aber eine
Schwäche ist es allemal. Neulich
grüßte mich eine bezaubernde,
nicht ganz hellhäutige
Friseurgehilfin mit freundlichem
„Guten Morgen". Heute darf ich
meine zartgesichtige
Schwippschwägerin begutäugeln.
Sie studiert ja das
staubgetrocknete Fach der
Jurisprudenz in unserer Unistadt.
Sie ist eine von denen, die wissen
was sie wollen und wozu. Nur
eine gewisse Härte, die der ganzen
Familie

Montag 31. Juli
innewohnt kann und will sie wohl
nicht ganz abstreifen. Aber
vielleicht ergänzt sich das ja
gerade recht gut zu meiner
knetigen Weichheit. (Wem kann

99

man die allerdings zumuten?) Ihre überschulterlangen Haare sind nach hinten zu einem Zopf zusammengeflochten. Dadurch stockt sich allerdings die Frisur nach vorne zu einer kantig vorgeschobenen Kappe. Das hat etwas streng Matronenhaftes.

Dienstag 1. August Bundesfeier in der Schweiz
Sie hat die leichte Strenge von meinem Schwager, ihrem zweitältesten Bruder abfärben lassen. Ach ja, ich habe jetzt chinesische Gesundheits- und Meditationskugeln in feinblau-gold-und-rot-bemustertem Holzkassettchen mir zugelegt. Sie klimpern sanft beim Handtellerdrehen und wellendem Fingerrotieren. Wir sahen uns „Wetten Dass?!" mit

Mittwoch 2. August
Thommi und Juhnke, Ustinov und Hella von Sinnen an, letztere wohl

noch „Jungfer" – sozusagen – nun,
ihre Sache und Geheimnis, uns
steht nicht an, sie scheel
anzuschauen. Jetzt sehen wir eine
Live-Aufführung von Phil Collins
– vielleicht in Deutschland. Meine
Eltern nehmen ihn erstaunlich
ruhig hin, aber jetzt nannte man
ihn gerade „blöden Hammel" und
meinte „...wenn er nun schon bald
aufhören würde." Wartet man
schon wieder auf

Donnerstag 3. August
Nachrichten: vom Golf, von den
Steuererhöhungen? Collins singt
viel vom „Lord". Die
Schwippschwägerin, apropos, hat,
wie ich aus den Widmungen sah,
eine durchaus eigentypische,
federnde und leichte, fast
französisch dahingehauchte oder –
gesetzte Handschrift, während
meine ja eher etwas Manisch-
Gedrängtes und Panisch-
Verwackeltes hat; vor allem etwas

Linienuntreues, Rechts-Links-
Schwankendes.

Freitag 4. August
Sie hat schon so etwas – beide,
Schrift und Schreiberin –
Vornehm-Damenhaft-Strenges.
Nur ihre Frisur hat mir heute nicht
gefallen. Und natürlich die
eckenständigen Raffzähne, die der
ganzen Familie eigentümlich sind.
Ein Punkt, der freilich
vorgeburtlich entschieden und
prädisponiert wurde; und wer
wüßte schon, was der eigene
Astral- und Seelenleib vorderhand
beschlossen und karmisch
vorausbestimmt hätte?

Samstag 5. August
Phil Collins übrigens sänftigt
angenehm den späteren Abend
heran. Der morgige
Ausschlafsonntag soll ja vielleicht
– soviel, wie er vom „LOrd" singt,
mit dreischaftlichem Kirchgang

eröffnet werden. – Jetzt wurde doch noch das Programm gewechselt, ich glaube, ich kann nun raufgehen, zur Schreibanlage und der „Fricke-Buch-Produktion". Was hält mich denn hier noch? Sicher kein altbackener 60er-Jahre-Agenten-Streifen aus Soho und deutscher Werkstatt.

Sonntag 6. August
Gute Nacht allerseits und schlaft schön, träumt einfallsreich. (Wo kriege ich nur langsam endlich meinen Dreh- und Höhepunkt her?) Demnächst gehe ich wieder ins Nürnberger Theater, die „Kammerspiele": Dreigroschenoper, wieder in Vertretung von Friederike, kostenlos, aber ohne sie freilich sprechen zu hören, lauschen zu sehen. Langsam fehlt sie mir schon, die kleine, keck-frisierte Violinspielerin.

Montag 7. August

Hier oben in meiner allgemach
verstaubenden Junker-Hoch-
Klause fühlt man sich
hochgehoben-behütet, den
weltlichen Zugriffen und
Einblicken weitreichend entrückt,
hier bin ich mit meinem
Sodbrennen, Auf- und Abstoßen
allein, mit meinem CD-Player-
Winzling und meiner Tanita
Tikaram. (Auch sie führt eine
eigenwillige Handschrift mit
vielen, für eine Engländerin
überreichlichen Großbuchstaben!)

Dienstag 8. August

Trotz ihrer Alt-Stimme soll sie ja
laut einer lieben Bekannten
(Madame C. Siebenhaar) noch
recht jung sein: in unserem Alter
so etwa. Mit meiner Micky-Maus-
Stimme würde ich sie da freilich
dennoch nicht beeindrucken
können. Gegensätze zwar, so sagt
man wohl, stoßen sich um, rühren
sich an, bauen sich auf. Aber wer

gäbe allzuviel auf
Spruchweisheit? Sei's wohl daran,
wie auch stets. Ich werde mein
CD-Repertoire jedenfalls umseitig

Mittwoch 9. August
ausweiten, wie's sich mir halt
finanziell jeweils ermöglicht.
Klassik ist klarerweise meist
billiger zu haben, wenn man auf
allzu bekannte Interpreten verzicht
tut. Ich habe mir ja in letzterer
Epoche fünf blaue 3-4-Platten-
bestückte Vinyl-
Schwarzscheibenkassetten
beschert. Auch meiner Nichte gab
ich davon und meine Mutter
bestellte fast den ganzen Satz,
über mich, noch einmal. Meine
Nichte wünschte sich ja seit
längerem

Donnerstag 10. August Steuertermine
Umsatzsteuer, Lohn mit KiSt der Arbeitnehmer,
Vermögenssteuer (außer Landwirte), Getränkesteuer,
Vergnügungssteuer (Ende der Schonfrist: 15.8.89*) *In
Gegenden, in denen der 15.8. (Mariä Himmelfahrt)
Feiertag ist, verschiebt sich der Termin um einen Tag

Platten für ihr Anlage, hat ja sonst nur MC's und CD's – Wieder einmal Steuertermine rot anzumerken! Vergessen Sie das leidige Steuern also nicht. Für heute muß ich's gut sein lassen, denn es ist jetzt schon morgen: 0:03 Uhr. Drei Minuten alt ist jetzt der 3.3.91. Prosit Neutag! Aber „Tanita Fräuleinwunder" singt noch eifrig. Ich werde heute Max Frischs Stiller auslesen und bald den Steppenwolf wiederlesen. Das brauch' ich, glaub' ich, jetzt.

Freitag 11. August
Ach, ich weiß, so muß es scheinen, auch noch immer nicht, was ich will. Was werden, was sein, was tun und was lassen, ausbauen und einreißen. Mir schwebt ja so vieles vor, doch ist alles so verschwommen und nebelhaft. Ich frage mich ernsthaft nach Auswahlkriterien,

Entscheidungshilfen. Zeigt sich's
doch mir im Alltag schon, daß ich
gar nichts alleine kann ohne
wenigstens dreimal, um anderer
Leute, oft auch

Samstag 12. August
Jüngerer, Rat zu erfragen, ohne
den ich mir hilf- und haltlos
vorkäme. Ritter sein, so meine ich,
bedeutet Selbständigkeit. Der
Ritter ist die natürliche
Fortsetzung und vorläufige
Vollendung des Junkers,
zumindest in seiner altertümlichen
Bedeutung. Ohne Furcht sein und
ohntadelig, auch das gehört dazu
und will erlernt sein und dauerhaft
erworben. – Die Dreigroschenoper
wirkt sich inspirativ auf mich aus:
5,- DM nahm mir ein

Sonntag 13. August
Ensemblemitglied ab: sie spielte
eine jugendliche, freischaffende
Bettlerin, die dann bei Peachum in

Dienste trat, später sang sie auch;
sie ist süß, wollte aber eigentlich
nur eine Mark; ich hatte aber nur 5
(!), hätte sie mich denn nicht
leicht blöd anquatschen können,
wenn ich nichts oder zu wenig
gegeben hätte? Ich Feigling... aber
süß ist sie, ich gönne ihr das
Zubrot. Bettler gegen
Diebesgesindel, Bullen und
Verführte, Unterweltmilieu...

Montag 14. August
Sie singen ihre Songs
kräftigstimmig und mit wirklich
lautverstärkenden Mikros in den
Händen. Eine Jazzband gibt uns
das Orchester ab. In der Pause
meint mein künstlerischer,
sozialjähriger Freund und
Quasikollege, man müßte auch so
eine Oper schreiben. Wir kommen
fast über den Punkt ins Streiten,
wer die Songs und wer den
gesprochenen Text schreibt. Aber
es fällt mir doch natürlich nicht im

Dusel ein, für eine Oper, deren

Dienstag 15. August <small>Mariä Himmelfahrt</small>
Steuertermine ... etc. pp.
Mitverfasser ich wäre, nichts als Prosa
zu verfassen. (Schon wieder diese
ekelhaften Steuertermine, fällt denen
Kalendermachern nichts Lustigeres
ein?) Mariä Himmelfahrt ist hier heute
im Kalender, auch so ein frei
erfundener Feiertag. Oh, das war ein
hübscher Abend, mit Musik von
Silberglanzscheiben will ich ihn
ausdudeln lassen. Jetzt erfuhr ich doch
aus

Mittwoch 16. August
zwei oder drei Nebensätzen einer
Sozialjährigen, daß Fricke, für die
ich ein Buch herstelle, einen
Freund hat. Für ein selbstloses
Geschenk ist mein Werklein, eine
Lederrückenausgabe mit
Filzbezug (grün, so wie man
„hofft") leider nicht nur zu
aufgedonnert, sondern auch

inhaltlich durch die eine der drei
Geschichten zu verfänglich-
eindeutig. Aber, pah, soll mich
nicht schrecken; was ein rechter
Junker sein will... Wenn sie's aber

Donnerstag 17. August
verbrennt oder wegschmeißt?
Natürlich behalte ich mir Kopien,
traurig wär's trotzdem. Ich möchte
es ihr mit ihrem Freund ja auch
nicht verderben. Wie lang mag so
was aber auch halten? Sagen wir
mal, ach, sagen wir nichts
Voreiliges. Im Theater saß eine
hübsche, dunkelzopfige, sehr
popmodisch aufgedonnerte
Person, ziemlich direkt hinter mir.
Ihr Gesicht kam mir angenehm
bekannt vor, sehr womöglich hatte

Freitag 18. August
sie das gleiche Abonnement, bei
dem ich durch meinen Freund
abonnementfreier Mitgast war. Sie
hatte eine blonde, weniger

auffällige und hübsche
Begleiterin, die ihr gleichsam
etwas Gemäßigt-Normales beigab,
ihrer Extravaganz entgegenwog.
In der Pause hatte ich kurze
Gelegenheit, meine scheu-frechen
Seitenblicke beantwortet zu
glauben, aber was bilde ich mir
nicht gern gleich alles ein. Zur
Wahrnehmung

Samstag 19. August
solcher Resonanzen und
Gegenblicke, Rückverzückungen
und Wunschentgegenkünfte war
mein Sinnesapparat in
Übersteigerung seismischer
Signalempfindlichkeit durch die
junkerbedingte
Nichtserlebthabenheit wirklicher
Gegenliebe geradezu
hochgetüftelt. Übrigens war sie
ein eher blasser Typ, setzte sich
wohl wenig dem prallen
Sommersonnen-UV-Licht aus;
war sie eine Kammer-und-

Kellerhockerin?

Oder nur pigmentarm? In unserer
Stadt kenne ich auch eine sehr
hübsche, dunkelhaarige Blasse,
eine daher wohl nicht ganz
vereinzelte Konstellation. Ich
setzte mich jedoch aus Vorsicht
nicht unnötig ihres Anblickes aus,
sondern spazierte mit dem
Kollegen im Kühlen vor dem
Theatereingang herum. Es mußte
nicht ausgerechnet eine Jungfer
(wenn sie's denn war) aus dieser
südlichen Großstadt (1/2-Million-
Stadt) sein.

Montag 21. August
Sie würde von einem so weit
entfernt wohnenden Freund
mindestens ein Auto und einen
prallen Geldbeutel erwarten, der
ihre Extravaganz nach Kräften zu
fördern bereit und fähig ist. Mir
wäre diese dagegen so lästig, wie

die Haltung eines ansonsten zwar praktischen, aber pflege- und finanzintensiven Kraftwagens. Sicher, auch allgemein war ich zu risikofeige. Als wir später zu dritt, mit einer weiteren Sozialjährigen

Dienstag 22. August
mit der U-Bahn die kurze Strecke zur D-Bahn fuhren, stieg die Hübschgesichtige an ebender Station ein, an der wir ausstiegen (am HBf). Die Sozialjährige, die mich bei einer früheren Aufführung im Opernhaus mit einem Jungen verwechselte, den sie aus einer Englandfreizeit kannte, verdient ebenfalls Erwähnung. Sie hat blonde Haare, die ihr käppchenartig vom Kopf abstehen, kräftige Lippen und Hüften und einen in die Weite

Mittwoch 23. August
gerichteten Blick, der ihr eine besondere Strahlkraft zu verleihen

scheint, etwas Zukunftvolles,
Erwartendes und freudig
Herbeibeschwörendes, der aber
von einem Sehfehler (Kurz- oder
Weitsichtigkeit) herrühren soll und
daher sehr wohl mit ihrer
Verwechslung meiner Person
zusammenpaßt. Ihr Hans-Albers-
Weitblick verfehlte indeß nicht,
mich für sie einzunehmen, so daß
ich ihr im Zug gerne aus den stets
mit in meinem Mantel
mitgeführten

Donnerstag 24. August
eigenen Schriften und Kritzeleien
vortrug, wozu es ja bei mir keine
allzuhohe Auslöseenergie bedarf.
Sie lachte vereinzelt sogar
herzlich, empfand das Ganze aber
doch wohl als etwas belang- und
inhalts-, ja gewichtslos. Sie wirkt
als Kranken- oder Altenpflegerin
und steht damit auf sichtlich
praktischeren Füßen. Angenehm
war, wie sie mir die ihr

dargereichten Materialien
behutsam mit beiden Händen aus
beiden Händen

Freitag 25. August
abnahm, wobei sich diese
angenehm-sacht berührten. Mein
nebensitzender Freund saß
indessen in sich versunken und
süffisanten Blickes in ein
Oktavheftchen schreibend da und
mischte sich nicht in meine
unselbstlose Eigenpropaganda.
Nach der Pause saß sie ja neben
mir, da ich den Platz gewechselt
hatte, weil ich zuvor hinter einer
Säule gesessen und nunmehr
drüben, zwischen Freund und ihr
noch frei war. Sie genoß die
Inszenierung

Samstag 26. August
sichtlich und ich genoß noch
zusätzlich das Neben-ihr-sitzen.
Wie gesagt, ein Mensch mit
wohltuender Ausstrahlung. Wo ich

nun schon von Mädchen
schwatze, kann ich gleich auch
erwähnen, daß, als ich neulich
eine MS-kranke Rollstuhlfahrerin
im Rahmen meines Dienstes zum
Friseur fuhr, mir eine junge, nicht
sehr große, nicht ganz hellhäutige,
dunkel überschulterlang
krausbehaarte Friseursgehilfin ins
Auge fiel, was

Sonntag 27. August
sage ich, stürzte, einbrach und
versank, die mir einige Tage
später, also nur nach einmaliger
Ansichtigkeit von sich aus, und,
als ich morgendlich zum
Arbeitsplatz fuhr, quer über die
Straße hinweg, mir entgegen
kommend einen Guten Morgen
wünschte, was von mir alsogleich
bereitwillig erwidert wurde.
Wieder einige Tage später, als ich
am Boden kniend unter einer
aufgeklappten Glasvitrine mit
Kirchengemeindeneuigkeiten

Plakate

Montag 28. August
über Kopf anheftete, kam sie auf
dem Gehsteig heran und wurde
sehr nahe bei meinem
Wirkungsort von zwei auf sie
zueilenden Menschen aufgehalten,
die sich flüssig mit ihr in einer
fremd und südlich klingenden
Sprache unterhielten. Meine
verstohlenen Blicke beantwortete
sie unterm Gespräch sachte-
lächelnd. Als sie alleine
weiterging, nickte sie mir sogar
ausdrücklich noch einmal zu; ich
rief nicht sehr laut, wie
erschrocken über

Dienstag 29. August
die persönliche
Bemerktwordenheit ein „Hallo"
zu ihr hinüber. Sie trug einen
leider etwas kitschigen Lippenstift
(rosa) und setzte sich
davongehend eine sehr dunkle,

modische und mafiose
Sonnenbrille auf. Sie trägt meist
einen langen, schwarzen
Stoffmantel. So oder so, sehr
lange fürchte ich kein Junker
länger mehr bleiben zu müssen.
Alles entwickelt sich ja weiter, ich
fürchte mich nicht vor den
zukünftigen Wegkehren.

Mittwoch 30. August
Ich lerne jetzt Französisch in
einem Kurs Volksnaher
Hochschulung. Dann erfuhr ich
heute noch, daß das fränkische
Regionalfernsehfensterprogramm
in unserem deutsch-
luxemburgischen TV-Sender aus
unserem unbedeutenden 4500-
Seelen-Ort gesendet wird. Wozu
also nach Mainz, Hamburg,
Stuttgart, Frankfurt, Köln oder
München, um ins Fernsehen zu
kommen (eine Jugendabsicht), ich
kann es also ebensogut hier um
die Ecke

Donnerstag 31. August
probieren. Ich werde die
zuständigen Leute fragen müssen,
wo ich mich da, wie und zu was
ausbilden lassen muß oder kann. –
Meiner von mir allein bewarteten
Bushaltestelle gegenüber steht in
frühdunkler Nacht ein sehr großer,
vor allem breiter Rohbau, schon
mit Dach und Fenstern, aber noch
backsteinrot-unverputzt. Hinter
mir weiß ich das
Berufsschulzentrum, in dem ich
bis gerade kursierte. Den ganzen
Tag schon war ich ungewohnt

Freitag 1. September
zukunftsfroh und annähernd in
einem Schwebezustand
umhergegangen, habe gearbeitet
in der Zuversicht einer golden
herannahenden Zukunftswelt und
das, obwohl heute gar nichts
außergewöhnlich froh-
stimmendes, glückversprechendes
oder auch bloß ungewöhnliches

119

passiert wäre. Es war vielmehr ein
sehr normaler und erwartbarer
Tag, kein gemeiner, aber auch
kein eigenständiger. Die Woche
häuft sich mir ja von

Samstag 2. September
Montag bis Donnerstag mit
Abendkursen voll. Ich kürze das
ab, indem ich zuweilen schwänze.
Neulich schrieb ich zwei ganz
kurze Gedichte: ich kann's noch!
Öfter aufraffen möchte ich mich
fürder, abends in die Stadt zu
schlawienern, will vielmehr sagen:
abenteurig dort herumzuziehen;
vielleicht um 8:00 Uhr in Kino,
Theater, Konzert oder
Dichterlesung, anschließend in ein
Kneipchen oder Bistro, eine Disco
womöglich.
Sonntag 3. September
Zwar ist ja nicht gesagt, es sei dabei
sehr wahrscheinlich, freundliche,
edle und nichtrauchende Fräulein zu
finden und zu freien, wohl sind

jedoch auf diesem Wege meine aus
purer Praxisnot folgernde
Kontaktfreudlosigkeit und mein
Wageunmut niederzuschmelzen und
in stabilere Formen zu gießen. Aber
diese Nacht: ich möchte mich in sie
hinauswerfen und nach überallhin
zerstäuben und verströmen, dabei
bin ich

Montag 4. September
so brav und fade, wie mich die
meisten kennen, schon auf dem
Heimweg, ohne der Nacht ihr
Geheimnis zu entreißen, ihm
überhaupt mich zu nähern.
        Heute wage ich's! (So ein
bißchen jedenfalls). Durch die ja nicht
ungewöhnliche Feierabendüberziehung
und wegen eines noch portofrei
auszuliefernden Briefes (eine
Spendenquittung – sähe ja auch
schäbig aus, eine solche

Dienstag 5. September
1,-- DM-Marken-beschwert auf

den Postweg zu schicken) – war ich schon sehr spät dran, als ich endlich in Richtung meines japanischen Verteidigungskampfsportes aufbrach. Kurz bevor ich in das betreffende Stadtviertel einbog, der Beginn des Kurses war schon überschritten, riß ich die Lenkstange herum und fuhr - nicht etwa nach Hause - sondern mittenhinein in das tobende Wühlen der ächzenden Großstadt. Nach Hörner-Abstoßen war mir der Sinn. Da jedoch die

Mittwoch 6. September
einfachste Abendvergnügung, mit der ich in unserer Stadt vertraut war, ins-Kino-gehen hieß, wollte ich das tun. Also, ich klapperte die vier mir bekannten Lichtspielhäuser ab, schon beim ersten paßte die Anfangszeit, denn ich wollte anschließend noch den Sportsfreund besuchen, wollte

also früh aus dem Filmhaus raus
können, aber der Film interessierte
mich nicht. Die anderen drei
fingen zu spät an. So ging ich
stattdessen

Donnerstag 7. September
hierher, in ein Café, das ich auch
schon ein Weilchen kenne, und wo
öfters nette Bekannte von mir
anzutreffen sind, nur
offensichtlich nicht so früh. Der
Keller sogar, war für Publikum
noch nicht offen, wie man mir
beschied. Oben ist dafür schon
regsamer Betrieb. Eine angenehm
lärmige, nicht ganz melodiefreie
Musik durchschallt den nicht
überarg verrauchten Gastraum. Ich
aß ein Pizzabaguette, trank einen
Eiskaffee und bestellte mir

Freitag 8. September
noch ein helles Bier (es gibt hier
sogar alkoholfreies Bier vom Faß,
aber wer sollte mich zwingen,

Bier zu trinken, wenn ich nachher neben dem gräßlichen Biergeschmack nicht auch das Gefühl des Biergetrunkenhabens gewinne?) Allen Lesern, die sich den Anonymen Alkoholikern zurechnen oder der Heilsarmee, allen Alkoholgegnern sei hier gesagt, daß ich die Gefahren des Alkohols nicht gering reden möchte und

Samstag 9. September
entschuldige den unpädagogischen Miß-Gebrauch der deutschen Literatur, welcher ich mich schuldig mache und betone daher gerne dringlich und ernstlich: Der Junker rät: „Saufen gefährdet Ihre Gesundheit, der Alkoholgehalt dieses Buches geht auf keine Kuhhaut!" (Über Volumen-prozente, Broteinheiten und Kilokalorien kann ich keine verläßlichen Vermutungen aussprechen, kenne ich doch auch noch nicht einmal die für

124

Drucklegung

Sonntag 10. September
und Vervielfältigung verwendeten
Papiersorten und –formate, die
Papp- und Leimbestandteile, die
Faden-, Nagel- oder
Klebebindung.)
  Zugegeben, für eine
Hornabstoßung ist die heutige
Abendplanung wieder zu brav,
allzu erwartungsgemäß gewählt;
aber ich hab's so im Gefühl, ich
gehe diese Woche noch in die
Disco, vielleicht ins
wiedereröffnete Omega? Die
Woche ist noch jung; wenn ich
noch bis an ihr Ende warte, habe
ich sogar

Montag 11. September Steuertermine etc. etc. pp
vielleicht Gelegenheit, die neulich in
einem Prosastück wiedergewürdigte
„Münchner" Kunstelevin im
sogenannten E-Werk endlich
wiederzusehen (gar mit ihr zu

tanzen?!) Wohl möglich! Jedes
Wochenende kommt sie ja hierher,
angeblich geht sie auch immer in
diese Tanz-, Krach- und Rauchbude.
Rauch! Rauch!! Nun ja. Kein Urteil
habe ich mir, darüber abzugeben, zu
erlauben. Verzichtung, Verzeihung.

Dienstag 12. September
Immerhin, die Droge Bier schlägt
schon ans Tor: Ich habe ein
Nebelgefühl in, ja, wo eigentlich,
mein Blick ist ganz klar; vielleicht
in den Ohren, im
Gleichgewichtssinn? Nun, ich
setze mir ja die Grenze eines
Glases, die ich noch nie
überschritten habe, auch nicht die
des größten Glases. Noch nie
trank ich eine Maß, würde sie,
schätze ich, in keiner Weise
überstehen.

Mittwoch 13. September
Überhaupt bin ich ungerne dort
angetrunken, wo es viele andere

auch sind, lieber dort, wo nur
wenige, Vertraute oder gar keine
sind. (Einsamer Trinker? So weit
noch keinesfalls, nein. Aber
besteht diese Gefahr vielleicht?
Ich will's mir nicht ausmalen:
Gewarnt will ich sein.) Eine
andere Frage: Will ich die
Friseuse mit den dunklen
Kräusellocken, schulterlang,
ansprechen? Sie ist mit ihrem
Salon ja direkt meinem
Arbeitsplatz blicklings gegenüber.

Donnerstag 14. September
Freuen wird sich meine
Elternschaft ja vielleicht nicht
über eine fremdsprachige
Partnerin ihres Jüngstsprosses.
Der peruanische Mann ihrer
Ältesten hat ihnen ja allerdings
nicht nur Freude gemacht. Muß
ich jedoch irgend etwas
erzwingen, von einem
Torschlußerlebnis zum nächsten
stolpern? Dazu besteht kein

Anlaß. Erwartungsfreude will
geübt sein, da gibt's noch was zu
lernen (wo auch nicht) für mich.

Freitag 15. September
So jetzt zahl' ich und breche auf,
um meinem Sportspezi
Rechenschaft über mein
Nichterscheinen beim Kampfsport
abzulegen. Versteht sich, aus
reiner Selbstsucht und
Profilierungsbestreben.
Klangkaskaden, Sturm aus
Hämmerchentönen, der Freund ist
nicht in seinem Zimmer, sondern
in der nur vom Apollo-Klavier
bewohnten Einliegerwohnung, die
lärmempfindsame Nachbarin ist

Samstag 16. September
nicht da, und so wird, so muß die
Zeit genutzt werden zum
resonanten Training, die Ofentüre
zittert beim Forte (oder
Fortissimo), ich bin sehr
krachverträglich. Plötzlich legt

sich etwas in mir zur Ruhe; die
Wärme der Jacke, die ich, noch
auf dem Sofa sitzend, anhabe und
die Klaviermusik verschläfern
mich.

Ich bin heute mild-
lächelnd auf meinen
Samstagsspaziergang gegangen.
Wie das Wetter jetzt so lächelnd
milde ist, bin deshalb doch

Sonntag 17. September Eidgenössischer Bettag
in der Schweiz

wohl sehr wetterwendisch an das
Klima angeglichen. Die Ameisen
laufen nun im März schon wieder
derart herum, daß der gerade
bestandene Winter wie ein
lächerlicher Traum erscheint oder
wie ein vorbeigewehtes Gespenst,
dem man seine Existenz nicht
glaubt. Wie ein farbiger Traum
kommt mir auch alles das vor, was
ich in so unvergleichlicher Weise
im letzten Jahr so erlebt und
gefühlt, angestellt und

geradegebogen habe.

Montag 18. September
Dennoch sind das Dinge, die mir
fehlen könnten, hätte es sie nicht
gegeben. Es waren waghalsige
Schritte dabei, die meinem Weg
abgegangen wären. Entscheidende
Sterne in meinem Mosaik hätten
nicht eingesetzt werden können.
Und doch halte ich das Kapitel für
noch nicht abgeschlossen. Es
werden solche Hürden immer
wieder vorkommen,

Dienstag 19. September
sogar an Bedeutung und Härte
gesteigert, der höheren
Widerstandskraft angemessen.
Das gehört schlicht zum
Lebenskampf, diese stetig
wachsenden Prüfungen, die nur
nicht von allen Menschen so
deutlich bemerkt und drastisch
erfahren werden, die aber keinen
auslassen oder überspringen. Aus

einer Laune heraus habe ich
wieder den dünngoldgepressten
Freundschaftsring angesteckt, für
den noch die passende
Freundschaft

Mittwoch 20. September
fehlt. – Mahatma Gandhi, eine der
singulärsten Erscheinungen des
politischen Welttheaters. Sein
Leben wurde monumental
verfilmt. In Karlsruhe, auf einem
vielleicht 35cm-TV-Bildschirm
sah ich das Breitwandereignis
erstmals. Heute fände die für mich
zweite Ansehung auf etwas
größerer Röhre statt, würde
stattfinden, wenn mein Freund
und dessen Freunde nur bald hier
ankämen, hier in der Wohnung
seiner Eltern.

Donnerstag 21. September
Ich habe mir rein aus Modespleen
heraus ein Halstuch, einen
altmodischen, rechteckigen Shawl,

goethisch um den Hals geflochten,
um für etwas mehr zu gelten, als
mein alttörichtes Äußeres, mein
spärlich veraltetes Kostüm sonst
nahelegen.

Freitag 22. September
Oh je, oh weh, was bin ich doch
für ein Schattenfechter und
Traumhansel! Die Zeit vergnügt
sich damit, zu vereilen, in meiner
Umgebung wird geboren und
gestorben, die Welt lebt auf und
vergeht schmerzlich und
unerwartet; doch mich scheint das
gar nicht zu berühren; ich bin
noch immer der unveränderlich
zögernde, unentschlossene
Traumichnicht und Sichdichfür.
Nun habe ich es zwar doch
immerhin durch meine

Samstag 23. September Herbstanfang
eigentümliche, stoische
Beharrlichkeit dahin und soweit
gebracht, daß ich gewissermaßen

132

eine Freundin habe, ein Mädchen
jedenfalls, die, so darf man sagen,
gelegentlich mit mir geht, in
Konzerte etwa, zum Essen oder
so, sich stundenlang mit mir
unterhält. Sie ist Orgelspielerin
und bildet sich zur
Kinderkrankenschwester aus –
und ich schaffe es nicht, bring's
nicht über mich – nachdem ich ihr
schon eine Liebesbriefgruß-
klappkarte phantasieangereichert
gebastelt und geschenkt,

Sonntag 24. September Ende der Sommerzeit
(voraussichtlich)
sie auf Hand und Wange geküßt
habe; was sie ganz merkwürdig
verstummen ließ; schaffe es nicht,
nachdem sie sich später einmal ins
Kino einladen ließ, auch nur, sie
bei der Hand zu halten oder
zärtlich im Arm zu führen! Was
bin ich für ein windlappiger
Waschhund. - - - Nun macht es
mir die liebe , zartfingerige

Organistin auch gerade nicht
besonders leicht.

Montag 25. September
Bei meinem ersten, fast
lächelnswert schüchternen
Wangenkuß, legte sie zwar ihren
Kopf wie umkippend an den
meinen, aber sie sagte auch –
stockend und leise – daß sie
eigentlich gar keinen Freund
haben will, daß sie nicht sagen
könne, ob sie mich gern habe, es
ihr völlig genug sei, gelegentlich
in Begleitung ins Theater zu
gehen, zuletzt, daß ich schwer mit
ihrem Krankenschwesternzeitplan
übereinzubringen sei. So nahm sie
mir wörtleinweise den mühsam
aufgebrachten

Dienstag 26. September
Mut der Verzweiflung, welchen
ich aufgewendet hatte, sie lange
Tage nach ihrem Geburtstag, an
dem ich ihr unter der Orgel meiner
Zivildienstkirche ein Geschenk

samt erwähnter
Liebeserklärungsklappkarte,
endlich auf diese und auf eine
etwaige positive Beantwortung,
wie sie auch auf einer der
Teilkarten vorgeschlagen war
(Kußmundspur auf der
Teddybärenstirn), sie also erstmals
darauf anzusprechen, ob sie mich
etwa liebhabe oder

Mittwoch 27. September
etwas in der Richtung... Sie
bestritt sogar die
Wahrscheinlichkeit, daß ich sie
liebhaben könnte nach so kurzer
Zeit (über ein halbes Jahr!) – mir
kam's ewig lang vor, und ob ich
mich nicht in ihr täusche, sie für
anders und besser halte, als sie sei.
Wie widerspricht man einer
solchen schwammigen
Selbstverleugnung ohne
unglaubhaft pathetisch oder
übertrieben lobredend zu werden?

Donnerstag 28. September

Ich hielt sie einfach um die
Schulter gefaßt, ihre linke Hand in
meiner Linken und küßte
nochmals vorsichtig ihre Wange,
schmiegte mich an ihr kupfern
getöntes Haar und versuchte ihr
die Bedenken zu zerstreuen,
wenigstens die, daß ich eine
definitive Antwort verlangte oder
meine Geduld nicht ziemlich
unbegrenzt sei. Es ist so
merkwürdig wie tragisch, so
komisch wie wahr, meine ersten
Küsse ihrer Haut nahmen mir
mehr als sie gaben.

Freitag 29. September

Gestern war von
Verzweiflungsmut nicht die Rede:
Ein Grundschüler wäre
leidenschaftlicher gewesen als ich,
der ich brav über Banales
plauderte. – Eine ganz andere
Bedenklichkeit kommt dazu: wir
sind beide katholisch. Und wenn

ich von meiner eigenen
Katholizität auch nicht gerade
überzeugt bin und sie ins liberale,
taoistische , anthroposophische
geweitet und gemildert glaube, so
respektiere ich erst recht die
ungreifbare Papsttreue

Samstag 30. September
und Dogmenakzeptanz, die
womöglich andere Katholiken
haben mögen. Sie geht selbst
immerhin regelmäßig zum
Gottesdienst und sagt, ihre Eltern
seien streng katholisch. Das gibt
meiner Skepsis gegenüber
vorehelicher Schwanger-, Mutter-
und Vaterschaft, allerdings auch
vor früh übernommener
Verantwortung und Lebenselbst-
indiehandnehmen reichlich
Nahrung. Meine Unentschlossen-
heit und Feigheit auch nur vor

Sonntag 1. Oktober Erntedanktag
kleinsten Zuneigungsbeweisen erhält so

einen löblichen Anschein und Ausschlag
zum tapfer entsagungsreichen
Sichaufsparen und demütigen Erwarten.
– Da kommt mir doch plötzlich der 1.
Mai in den Weg und bringt mir
Konfliktgewissen. Ich fahre
garnichtserwartend zur Gartenfeier des
besten aller meiner beiden Freunde; er
stellt mir seine wiederum engste
Freundin vor. Und deren Freundin
weiterhin ist es auch schon, die mich ins

Montag 2. Oktober

Gewissen beißt. Erst stach sie mir ja ins
Auge, sie gefiel mir aufreizvoll,
langgewachsen, markant hervor
spitzende Nase, auch der Mund ein
wenig nagetierhaft. Und dann sagt mir
mein Freund auch doch noch, sie solle
laut ihrer, also auch seiner Freundin
gesagt haben, ich gefalle ihr, was ich
selbst zu bemerken geglaubt hatte,
welches Bemerken bei mir allerdings
meist nichts zu bedeuten vermag. Aber
meine Organistin, der ich mich treu

Dienstag 3. Oktober

verpflichtet fühle, steht mir im Hinterkopf. Bei ihr weiß ich natürlich nichtmal, ob sie mich mag, aber das lüg´ ich, sie ist halt verhalten. Andererseits ist die Neubekannte fast wieder zu großartig damenhaft, zu oberbayerisch schickimickimäßig für meine Komplexbeladigung, aber das ist mein Vorurteil. Allerdings wohnt sie in Lauf und damit weit weg für einen Antiautomobiliker, wie mich. Und sie will nach Oberbayern zurück,

Mittwoch 4. Oktober

das Fränkische hassend. Nun ja, ich liebe es nicht über die Maßen, aber das Bayerische, zumal bei meiner leiblichen Freundin, mag ich das denn dann etwa? Aber was! Was soll's? Sie ging bald heim, was mich ärgerte, der ich gerne viel Zeit aufwende zur ausführlichen Begutäugung. Von mir selbst aus unternehme ich ja traditionsgemäß wenig, um weitere Stelldicheins zu organisieren. Wir sahen uns erst mal nicht mehr, weil ja die Organistin noch da war. Nun ja nicht mehr: Ich schläferte den Kontakt zweiseitig wirksam einseitig ein. Woraus mir ersichtlich geworden zu sein scheint, daß sie das Ende ganz in Ordnung und beruhigend findet.

Donnerstag 5. Oktober

Hat sich denn tatsächlich nichts geändert, bin ich wirklich noch immer, der ich doch immer schon war? Kann es, soll es, muß es wahr sein, daß ich noch immer hieran schreiben zu müssen glauben soll; bin ich noch was ich Junker nenne, zur Unterscheidung von Jungfer, ein alternder Junker mit zuwachsender Torschluß-panikhaltung? Oh ja, oh, wie ach so leider, aber richtig, ich bin's noch, ich werd' nicht mehr!

Freitag 6. Oktober

Und doch, und dennoch; es hat sich auch
was geändert. Wenn auch selten, so doch
nicht völlig unregelmäßig treffe ich
mich mit meiner Oberbayerin. Ist sie
schon meine Freundin, bin ich der Ihre?
Da ist sich keines von uns beiden wohl
so recht gewiß, sind wir dann eben doch
noch in der Kennenlern-Epoche, in der
Schnupper-Verlobung und nebenher
treibe ich mich mit Fremdgang-
gedanken auf Halb-Unfreiersfüßen
herum,

Samstag 7. Oktober

mausere ich mich dabei in meinen
Augen zum Filou und Hallodri
heraus. Zumal ich mich mit
gewohnter Unzulänglichkeit und
Halbherzigkeit dabei täppisch
anstelle und weniger als gar nichts
erreiche. Sicher ist's richtig und
wahr, vorsichtig zu sein und sich
nicht unüberlegt in eine
eheähnliche oder –gleiche
Beziehung hineinschliddern zu

141

lassen, sozusagen aus Faulheit und um bloß keine Entscheidung treffen zu müssen.

Sonntag 8. Oktober
Nachdem ich die frühe Jugend nicht zur Brautschau genutzt habe, ist die späte Jugend ohne Erfahrungsbasis ein Erfolglosigkeitsparcour geworden: indem ich nicht wußte, wie man unverfänglich Freundschaften zu Mädchen anknüpfen kann, wurde es bei mir in schneller Folge je später, desto verfänglicher. Meine Jugend ist eigentlich vorbei und der draufgängerische

Montag 9. Oktober
Freiersfußmarsch einer fatalistischen Messiaserwartungshaltung gewichen. Paradies, oh komm doch freiwillig, daß ich dich nicht länger suchen muß! Aber leider will ja alles erkämpft werden;

weiß keiner wozu! Überhaupt ist
unsere Sprache ein
Gewaltmonopolist, wie sonst
nurmehr der Staat! Im ganz
friedlich erscheinenden Leben
„plagen" wir uns mit „Strategien"
und „Taktieren", wie Napoleon
bei seiner Paneuropäisierung:
Alles unter einen Zweispitz...

Dienstag 10. Oktober **Steuertermine**
Umsatzsteuer, Lohn- mit KiSt der Arbeitnehmer,
Getränkesteuer, Vergnügungssteuer (Ende der Schonfrist:
16.10.89)

(leeres Kalenderblatt)

Mittwoch 11. Oktober
Ich weiß auch nicht mehr so recht:
nun ist doch soviel Zeit ins Land
gewandert und hat sich nichts
dabei verändert, kaum etwas
ereignet. Nun ja, ja doch, es ist
dies und einiges passiert, aber ich

mag nicht dran denken und darob
schreiben. Die Dinge und
Erlebnisse, die allen etwas sagen,
das sind die nichtssagenden. Und
ich habe nur Nichtssagendes
erlebt.

Donnerstag 12. Oktober
Keinesfalls will ich die Hände in
den Schoß werfen und dort auf
unberechtigte Dauer tatenlos
liegen lassen. Es scheint immer
noch mancherlei nichts besagende
Gründe zu geben, die ein
weiterhin fortgesetztes Handeln
rechtfertigen dürften. – Bei meiner
Untreu, noch immer hänge ich
dem unbestätigten Wahn nach, daß
es nur der schlichten Beendung
meiner Einzelheit und Schaffung
meiner Doppelständigkeit

Freitag 13. Oktober
bedürfe, um mich aus meiner
ganzen Seelen-, Geistes- und
Wesensschieflage herauszu-

wippen. Was nicht vollständig
abwegig ist, aber seiner empiri-
schen Bestätigung bisher noch
ergebnisfrei entgegenharrt. Wie
häufig und fast immer bin ich
wiederum mehrgleisig verliebt. Es
ist durchaus drin, daß ich mich in
kürzester Zeit für eine der vier bis
fünf möglich erscheinenden
Schönheiten entscheide und eine
verhängnisvolle

Samstag 14. Oktober
oder folgenlose Kurzschlußwahl
treffe, wieder mal direkt werde
und verblümt eindeutige
Indirektheiten vorbringe. Ich kann
nur sagen, Blickkontakt: heute
gewesener; innig vertrautes
Wiedererkennen, Zurückbesinnen
– Bist Du es, frage ich da Dich,
die es sein sollte, jetzt endlich erst,
aber längst schon eigentlich? Zu
wenig beobachtet, bedacht,
bedichtet, aber weitergereift
unterdessen, zarte, feine, kühle,

fühlige,

Sonntag 15. Oktober
ruhige Schöne, stets in nächster
Nähe, nie je angesprochen, es sei
denn flüchtig; dann völlig
zurückverdrängt durch den
Freund, den Du hattest – gleichen
Vornamens wie ich, von der
gleichen Häuserreihe, wie ich,
anderen Endes – nach
offensichtlichem Abbruch dieser
Verbindung, die offensichtliche
Blickaufnahme von Dir aus. Kein
Grübeln finde ich angebracht, ob
wir zusammenpassen könnten
oder wohl nicht. Zu sehr gewohnt
bin ich die Vorläufigkeit aller
meiner Kontakte: Wozu den Kopf

Montag 16. Oktober
zerbrechen, wenn die Chance, die
dabei ist, viel zerbrechlicher als
gerade mein Kopf ist? Dieser
Dickschädel, anbei beurteilt. –
Wieder sind aber da die dummen

Gedanken an meine vorhandenen und eingebildeten Minderwertigkeiten. Was, wenn sie keinen Führerschein hat? Wenn sie demnach von mir chauffiert zu werden wünscht: zum Traualtar, zur Tanzvergnügung, zur Entbindung in der Uniklinik? So ein

Dienstag 17. Oktober
eingeschworener Nichtautofahrer, Mobilitätswahnverächter, der ich mich werden ließ, möchte ich meine Überzeugung nicht so gravierend mehr ändern. Es ist allzusehr bekannt, wie gewaltige Korrekturen sich Einzelmenschen zufügen können, nachdem sie Zweizelmenschen wurden und die zweite Hälfte reformierend auf sie wirkte. – Die Zeit der Junker ist vorbei, geben wir's nur recht zu. Der ferne Osten Deutschlands, das

Mittwoch 18. Oktober
ureigentliche Revier der
Landjunker und Großgrund-
besitzer, der tagtrüben
Jagdveranstalter ist längstens an
Polen gegangen. Die landlos
gewordenen Junker sind in der
anonymen Bevölkerung
untergegangen und es ist gut so.
Leute meiner Beschaffenheit sind
unzeitige Findlinge und
aufzulösende, zu bekehrende
Antagonismen. Wir gehören, so
wie wir sind, nicht hierher,
müssen untergehen oder uns
anpassen, was dasselbe heißt, aber

Donnerstag 19. Oktober
angenehmere, verträglichere
Assoziationen weckt, voraus-
gesetzt, die Anpassung fordert
keine vollständige Herum-
krempelung aller individuellen
Spintisiererereien, sondern bloß
deren Glättung, Zähmung und
Zurechtbürstung. – Feiertäg-

lichkeit ist nicht alles und kann es freilich nicht sein. Vor lauter Feiertag würde sonst das Feiertagsein gar nicht bemerkt werden. Außerdem könnte man sich den Luxus am Feiertag nicht leisten,

Freitag 21. Oktober

wenn man ihn sich nicht am Wochentag vom Munde absparte. Der eigentliche Nachteil am Vorbeigehen von Feiertagen ist, daß die Arbeit, die liegenblieb, durch das länger liegen dringlicher wurde und man durch Mehreifer einen Teil des Feierns zurück- und aufarbeiten muß. Ich meinesteils werde mich hüten, zu versuchen, durch Vorarbeiten das spätere Abarbeiten zu kürzen.

Samstag 21. Oktober

Da dies keinesfalls gelänge, hätte ich damit nur doppelgearbeitet. Stattdessen will ich alles daran

149

setzen, den restlichen Ostermontag zu genießen, so leidenschaftlich und rückhaltlos, wie es gelingen mag. Außerdem werde ich schauen, ob ich das Mädchen aus dem Sonntags- gottesdienst zufällig ausfindig machen kann. Ich weiß ja nur ungefähr, wo sie wohnt. Vielleicht ist das ja, nach so vielen Anläufen,

Sonntag 22. Oktober
meine tatsächliche Entjungkerungskandidatin. Immerhin ist sie in der Folge der Mißerfolge eine Besonderheit. Sie hat eine enge Beziehung bereits hinter sich. Das ist zwar noch nichts Einzigartiges, aber bis auf eine Ausnahme, bei der ich aber alleine das Scheitern zu verantworten hatte, bei der die andere Beziehung aber auch noch andauerte, doch so etwas wie eine Besonderheit. Denn M. hätte ihre noch andauernde Beziehung wohl

Montag 23. Oktober
sogar beendet, wenn ich
entschlossen genug um sie
geworben hätte, nicht so schlaff
und weltschmerzhaft, wie ich es
tat. Ansonsten waren aber alle
„erfahrenen" Mädchen sowieso
nicht von sich aus an mir
interessiert, sondern nur ich an
ihnen und also mühte ich mich
vergebnislos. Ich Entmutigter, der
ich nun tatsächlich launig wenig
Neigung zeigte, von mir aus etwas
zu beginnen, in den letzten
Monaten; wartete geradezu auf die

Dienstag 24. Oktober
Prinzessin, die mich aus der
Entmutigung befreien sollte. –
Zwischendurch gibt's
Hochpunkte, dann wieder
Niederlagen kurz darauf, davor,
daneben, dawährend... manches
vermischt sich, sodaß man dabei
sich im Unklaren bleibt, ob es
schön oder schrecklich war. Wenn

151

dabei zuletzt herauskommt, daß
etwas mißglückt gewesen ist, setzt
man zuweilen – und das sind nicht
die schlechtesten Tage und
Entscheidungen – selber
Glanzpunkte auf die

Mittwoch 25. Oktober
verlöschenden Chancen,
vertrödelten Tage: man trinkt
seinen ersten Champagner (vom
Aldi) und hört von Bizet die
Carmen-Suite. Vielleicht hat man
wirklich nicht viel verpaßt, wenn
man während dem Leiden gedacht
hat und geliebt und geäugt. Ach,
wie war ich verliebt,
verschiedentlich, ach, wie wäre
ich es jetzt wieder gewesen, aber
es oder ich wollten nicht so recht.
Immerhin habe ich manche Blicke

Donnerstag 26. Oktober Nationalfeiertag in
Österreich
zurückgesandt, die mir
frohforschend entgegenflogen.
Blicke sind so wichtig. Zwischen

Menschen und Tieren sind sie die Hauptkommunikationsform. Zwischen Menschen mutmaßen wir sogar noch mehr Tiefe beim Blicken. Möglich; aber wie tief die Blicke bei Tieren gehen, wissen wir ja nur nicht, weil sie nicht menschlich sprechen. Was tief und edel ist, mag es wiederum gerne bleiben, solange ich ein

Freitag 27. Oktober
Menschenmädchen, daß ich gerne an- und ihm in die Augen schau auch ansprechen kann und darf. Sprechen ist auch schön; dumm ist ausschließlich meine Beschwernis, diejenigen anzusprechen, die mir gut gefallen. Je hübscher, je schwerer, je lieber. Wie hart und bang mein Herz mir in den Hals hinaufschlägt, immer noch, wenn es nur darum geht, eine Schönäugige zum einmaligen Tanz aufzufordern: etwas so harmlos Unverfängliches. Doch ich glaube,

153

immer eine Zumutung zu sein,
und

Samstag 28. Oktober
durch meine Tanzschwächen und
Formen- und Figurenarmut zu
langweilen. Auch wenn eigentlich
nichts oder wenig dabei wäre. Und
erfahrungsgemäß freuen sich von
den Angesprochenen eher mehr
als ablehnen, sich auffordern zu
lassen.
Eine andere Form, sich
dem aktiven Kunstschaffen
zuzuwenden ist, neben dem
Tanzen, das Malen. Da es bei
richtiger Mittelwahl haltbarere
Resultate zeitigt, ist dies auch
nicht ganz unvorteilhaft.

Sonntag 29. Oktober
Im wunderschönen Monat Mai,
als alle Blümlein hüpften, oder so,
da ist in meinem Herzen, mal
endlich wieder, die Liebe
aufgegangen! (ganz so ähnlich geklaut

bei Heinrich Heine.) Wie kam's dazu? Nun ist es mir und vielen anderen auch ja bekannt, daß im Mai die Gefühle besonders regsam wirken.

Nun gar erst bei mir selber, der Frühlingsausgeburt, dem Mittemailing, dem liebestollen Lederunbehosten... . Ich saß da nämlich, oder setzte ich mich erst dazu (?); ich saß gegenüber einer sehr frisch und hübschen, braun- und

Montag 30. Oktober
langlockig behaarten U-Bahn-Fahrerin (also –Mitfahrerin). Ich las in meiner „tageszeitung", der bekannten Berliner Zeitung selbigen Namens. Dann mußte ich (oder wollte es) im Fahrplan nachsehen, welche Straßenbahn nämlich die günstigere Anbindung an meine Wohn- und Heimatstadt versprach. Da sagte die erfreuliche Erscheinung vis-á-vis, ob sie wohl „das" mal haben dürfte. „Das oder

155

das?" frug ich und wies auf die

Dienstag 31. Oktober Reformationstag
„taz" erst, dann auf den Fahrplan,
als sie beim ersten verneinte.
„Wunderbar, das ist der Erlanger
Fahrplan!" Sprach's und blätterte
und suchte nach mir völlig
gleichgültigen, von mir nie
benötigten Buslinien. „Da geht ja
kein Bus mehr nach Mitternacht!"
Sie war enttäuscht. Ihre
Beobachtung deckte sich
allerdings mit meiner Erfahrung.

Mittwoch 1. November Allerheiligen
(gesetzlicher Feiertag in Baden-Württemberg, Bayern,
Nordrhein-Westfalen, Rheinland-Pfalz und Saarland,
Feiertag in Österreich und Luxemburg, Schweiz teilweise)
Ich hab' dann gefragt, wo sie wohl
hinwolle, „Sieglitzhof" sagte sie
und so unterhielten wir uns. Was
war zu tun? Ihr Fahrrad stand in
Sieglitzhof; sie würde erst um
0:37 Uhr am Erlanger
Hauptbahnhof eintreffen; Taxi
wollte sie nicht nehmen, ein

156

unabgesperrtes Fahrrad klauen,
meinte sie; stehen ja dort genug
herum. Ich schlug dann doch vor,
nach Sieglitzhof zu laufen, wäre ja
mit Erlangen die gleiche
Bebauung, also nicht durch Wald
oder so etwas abgetrennt. „Das
dauert ja eine Stunde!" meinte sie;
„Naja", sagte ich,

Donnerstag 2. November
wollte einschränken, überlegte
aber: „eine dreiviertel Stunde
vielleicht..." „Ja, eine dreiviertel
Stunde!" stimmte sie zu. Wir
waren einig. Eine halbe Stunde
hatte ich erst sagen wollen, aber
man unterschätzt die Entfernung,
wenn man sie nur per Rad kennt.
„Jetzt muß ich aussteigen, danke
und Tschüß." Sie war schon weg.
Aber ich mußte ja auch raus; also
ich ihr hinterher. Ich holte sie
sogar ein, aber sie ging dann
geradeaus weiter, zu einem
anderen U-Bahnschacht-Ausstieg

und ich wollte ja

meinen knappen Anschluß nicht
verpassen. Aber, dachte ich mir
dann, Du bist auch ein Hornochs,
so ein patentes Mädchen ganz
ohne Adressenbefragung laufen zu
lassen. Aber, so bin ich nun:
dumm, langsam und schwer
entflammbar. Wie's das gütige
Geschick nun wollte, sah ich die
Liebliche schon am nächsten Tag,
ein langer Samstag wieder. Ich
ging nämlich so ganz in mir und
für mich versunken, durch die

einkaufsflanierenden Massen, als
linker Hand von mir zwei junge
Frauen, eine mit Rad, und das war
sie, recht straff vorbei kamen. Im
Gepäckkörbchen drängten sich
dicht lila Faltprospekte, die das
radfreie Mädchen herausgriff und
an Passanten austeilte; nicht an

alle; wie mir schien, nur an Leute, die pfiffig genug wirkten. Da dachte ich mir gleich, ich würde ihnen sicher nicht auffallen, schade; ist sie's überhaupt wirklich? Egal, die ich sehe, ist bezaubernd.

Sonntag 5. November
Würden wir wohl überhaupt harmonieren? Ganz egal, ich spreche sie eh' nicht an. Ich wollte eigentlich in ein Geschäft rein, blieb aber lieber draußen und ihnen auf der Fährte. So ist man: täppisch, kindisch. Und dann sprach mich die Freundin der Schönen doch noch an, wegen des Programmheftchens...

Montag 6. November
Nun habe ich die Suche nach der dunkellockenden U-Bahn-Benutzerin faktisch praktisch, nahezu grundsätzlich, leider doch endlich aufgegeben. Zur Zeit bin

ich vielmehr wieder
halbunglücklich in unsere
Sekretärin verschossen. Wie man
so von einer Seelenabhängigkeit
in die andere und zurück purzelt:
Sinnverwirrend, kopfverdrehend!
Sie ist aus Braunschweig, dadurch
spricht sie norddeutsch exakt,
durch süddeutsche Angewöhnung
gerade nur soweit abgemildert und
entschärft, daß dieser leicht

Dienstag 7. November
überheblich anmutende
Vokalüberdehnungseffekt meist
ganz wegfällt. Sie ist lieb, hübsch,
klein, aber nicht zierlich; zwei
Jahre älter als ich, hat den
Führerschein seit sie 18 wurde, ein
Auto erst seit letztem Jahr. Wie
sich die Dinge unähneln!
Eigentlich mag ich sie seit erster
Ansichtigkeit (27.4.1992 –
vielleicht auch später; ich glaube,
sie war da noch im Urlaub). Aber
das sagt ja alles nichts, denn zu

der Zeit war sie noch in der
Nachbarabteilung

Mittwoch 8. November
und ich hatte nichts mit ihr zu tun
– also auch kaum Grund, sie
unverfänglich anzusprechen. Jetzt
ist sie aber in unserer Abteilung
und gleichlaufend mit immer
verfänglicheren Ansprachen
wurde ich immer unsicherer, ob
wir die füreinander Geschaffenen
sein könnten oder auch nur
können wollten. Glauben tue ich's
ja, daß sie mich wiedermag, aber
weiß ich's, will ich's wissen? Und
dann, meine Bayerin?

Donnerstag 9. November
Und die U-Bahnerin, falls ich sie
wiedersehen sollte? Vielleicht hat
die ja nicht mal den Führerschein?
Ach, Quark. (Was hat das womit
zu tun?) Unsinniges Leben, laß
nach.

(17.12.1995)
Zeit ist ins Land gegangen und
hinten herum wieder heraus.
Keine Eintragungen ins
Junkerbuch. Ich hatte es
erfolgreich vor mir selber
versteckt. Tut's was? Tut selbst
der Umstand etwas, daß einige,
teils nette, teils peinliche, teils
schöne, teils unansehnliche
Ereignisse sich die Gnade

Freitag 10. November Steuertermine ... etc.etc.

hatten, passieren zu lassen? Also,
schon die gewissermaßen
zweckdienlichen Ereignisse sind
damit gemeint. Ich war, so wollte
es mir zumindest oftmals
erscheinen, nahe, haarscharf dran
an der Entjunkerung. Wenn meine
Notbremsen und
Frühwarnsysteme nicht so
ausgefeilt wären, meine
Fracksausneigung nicht noch
vielmals größer als meine
Torschlußpanikfähigkeit. Beim

Skifahren lernte ich eine liebe
Freundin

Samstag 11. November
kennen, mit der ich sogar
mehrmals auf Unibällen (sommers
im städtischen Schloßgarten,
winters in der größer angelegten
Nachbarstadt) tanzte und mit der
ich mich immer ganz wunderbar
frei und zwanglos unterhalten
konnte. Mehrfach verliebte ich
mich in meine Französisch-
lehrerin, das kühlte dann
zwischenrein immer nur leicht ab,
wenn ich mir vorhielt, daß sie ja
rauchte und einen Freund, später
sogar

Sonntag 12. November
Verlobten hatte, mit dem es aber
nicht zum besten steht, weil
erstens war er nicht besonders
hübsch (laut Foto in ihrem
Renault), zweitens will er wohl
nicht so recht heiraten.

Andererseits wohnt sie mit ihm in einer Wohnung, die seinen Eltern gehört, zusammen. Es wäre also denkbar kompliziert gewesen, sie ihm abzuwerben, was außerdem vollkommen meiner Grundwerteanschauung widerstritten hätte. Einmal hatte sie ihn

Montag 13. November
dann sogar kurzzeitig verlassen, was ich freilich erst zu spät, im nachhinein im VHS-Kurs „én passant" erfuhr, als ein Mitschüler, der sie auch privat kennt, und der unglücklich in sie verliebt ist, aber darüber hinweg scheint, sie arglos frug, wann die Hochzeit nun anstünde. – Ja. Und dann kam der Italienurlaub irgendwann... und ich verliebte mich, mittenrein in all' das Geliebsele schlag-, knall- und fallartig auf's neuerliche und, aber wie! Nun ist es ja bekannt, daß Urlaubsflirts häufig und

164

beliebt sind und vorkommen.

Dienstag 14. November

Meist halten sie kaum über den
Urlaub auch nur einen Tag hinaus
dem Alltag stand. In meinem Fall
endete die Romanze sogar noch
vor der Ab- und Heimfahrt, indem
die lang- und braunhaarige
lieblich lächelnde, zartfühlende
Fischin (astroskopisch betrachtet)
durch einen meinerseits peinlich
ungeschickt hilflos gestotterten
Antragsversuch irgendwie
unglücklich eingeschnappt war, ja,
sich sogar angegriffen und
belästigt, ja feindselig zeigte.
Wobei ich das Gefühl nicht
loswerden konnte, daß sie nur,
halb aus Zorn über meine
Schüchternheit und „Feigheit vor
dem Freund", halb über ihre
entsprechende, eigene Scheu
erbost war, da sie

Mittwoch 15. November Steuertermine
Gewerbesteuer, Grundsteuer (Ende der Schonfrist:
20.11.89)

nämlich, nach einigen weiteren
Rüffeln oder „Körben", von sich
aus wieder meine Nähe zu suchen
schien. Die ganze letzte der
zweieinhalb Wochen litt ich
heftigsten Liebeskummer, war
ratlos, litt die Nähe der Menschen
nicht und trank zuviel des
süßsauren, billigen 2-Liter-
Lambruscos. Außerdem hörte ich
mir ununterbrochen Tracy
Chapman- und Tanita Tikaram-
sowie Billy Joel- und Genesis-
Stücke an, balladenhafte und
heftige, während die anderen beim
abendlichen Sang, Spiel und
Geplauder sich die länger
gewordene Zeit vertändelten. Oder
kam nur mir die Zeit ausgedehnter
vor, weil ich nichts mehr zu
hoffen,

Donnerstag 16. November
nichts zu lachen und zu ersehnen
mehr hatte? Wohl schon jedenfalls
auch.

(22.12.1995) Ich könnte mich
schon wieder über mich ärgern
und verwundern, aber auch freuen
und belustigen! Was ich nun schon
wieder angestiftet und –gestellt
habe, das grenzt wieder mal an
keine Kuhhaut oder so in der Art:
Ich war mit meiner Mutter in
weihnachtskäuflicher Absicht in
die Stadt gefahren; zufällig sah ich
S., die ich in Italien unglücklich
lieben lernte, von der ich annahm,
eine Doppelpunkt-Annonce
geschrieben bekommen zu haben,
was ganz falsch geglaubt war, wie
drei Anrufe (zwei

Freitag 17. November
je bei ihren Elternteilen, einer
dann, der dritte , endlich bei ihr)
bereits ergeben hatten. Ich sah sie
also, von der ich telefonisch
erfahren hatte, daß ich schon bei
ihr vergessen sei, in der Drogerie
an der Kasse sitzen, von der ich
schon wußte, daß sie dort

gelegentlich jobbt, um ihr Taschengeld aufzubessern. Ich glaube, daß sie mich dagegen nicht gesehen hatte. Deswegen sagte ich zu meiner Mutter, wenn sie S., von der ich ihr schon erzählt hatte, einmal sehen möge, brauche sie nur kurz einige

Samstag 18. November
Schritte zurückgehen und zu schauen. Ich wollte dagegen warten, damit sie mich nicht erkenne und so weiter... Meine Mutter bescheinigte mir einen guten Geschmack, hatte sie aber leider nur im Profil sehen können, da S. zumeist die Kasse anblickte und nur gelegentlich zu dem Kunden aufblickte. Außerdem hatte meine Mutter sich von S.'s Kollegin beobachtet gefühlt und deswegen zwischendurch so zu tun versucht, als

168

Sonntag 19. November Volkstrauertag

wolle sie weitergehen, um dann
doch noch mal umzukehren und
zu gucken. Nun, jedenfalls, wenn
ich dabei gestanden hätte, wäre
das S. sicherlich aufgefallen, und
was hätte sie sich wohl dabei
gedacht, daß ich sie meinen
Verwandten schon wie eine
Schaufensterattraktion
präsentierte? Ich will es mir lieber
nicht ausmalen. – (4.1.96) Ich bin
eigentlich ganz vergnügt, sehr
aufgeräumt. Gerade schrieb ich an
Robert Gernhardt einen fiktiven
Brief. Wie haben wir gelacht! Das
heißt, ich war ganz alleine... aber;
später mehr. Es ist 1:50 Uhr und
morgen ein schwerer Tag (der
dritte schwere). Also lasse ich's
erst mal für heute.

Montag 20. November

- „Es gibt so'n paar
Dinge, die würde ich nie
machen."

169

+ „So? Erzähl mal!"
Der Junker schreibt an Bild: „Bin
ich noch normal, daß ich, weil ich
zwar 27, ledig, jung und
unverheiratet bin (oder schreibe
ich besser der „Bravo"?) und
trotzdem also krieg ich keinen,
also, nicht in die Reihe krieg ich's,
die Bild von vorne zu blättern!
Bin ich da noch ganz da?

Dienstag 21. November
Weil nämlich – 'Tschuldigung, is'
grad Vollmond – ich blättere
nämlich immer von hinten auf.
Also gut, nicht ganz immer; oft
auch mal von vorne, dazu ist sie ja
da, daß man sie von vorne blättert.
Bezieht sich übrigens auf alle
Zeitungen, sogar Magazine. Also
außer Fernseh-Magazine. Die muß
man ja von vorne blättern, wegen
der Reihenfolge der Wochentage.
Etwas zu verquast, wie? Also,
Gute Nacht! Ich mache doch jetzt
endlich mal Schluß für heute

(14.1.96).

Mittwoch 22. November Buß- und Bettag
Gesetzlicher Feiertag in der Bundesrepublik Deutschland
Nun denn, ... eigentlich bin ich ja
jetzt nun doch recht müde; aber
aus einem von mir vorerst nur zur
knappen Hälfte verstandenen
Grunde, kann ich mich nicht recht
fallen lassen. Ich fürchte, jetzt
wird es erst anfangen, schwierig
zu werden! Mal spür' ich's im
Nacken, mal im Kopf, mal im
Bauch, diesen Schmerz der
Lebensanforderung!

Donnerstag 23. November
Ich stehe wiedermal ganz und gar
ratlos vor meiner eigenen
Nabelperspektive, will beheißen,
ich schaudere auf vor meiner
ungekannten, niegeschauten
seelenruhigen Gemütsruhe. Woher
ist sie genommen, da sie ja doch
wohl eigentlich nicht gestohlen
ist? Das ist schwer zu sagen, kaum
zu beantworten. Man kann bloß

171

vermuten, daß es schon so seine
Gründe haben wird, daß ich nunmehr wieder so aufgeräumt bin,
bar jeder Geldsorgen und ledig
jeder Einsamkeitsbefürchtungen.

Freitag 24. November
Und dennoch, trotzdem und wider
aller Erwarten; es bleibt ein Rest
an Nervosität, ein allerletzter
Funke Panik in meinen Knochen
zurück! Ich kann halt doch noch
nicht aus meiner Haut heraus. Es
bleibt auch weiterhin immer noch
schwierig. Gott erhalt's! Charisma
werde ich wohl auch weiterhin
entbehrlich finden können; denn,
wozu auch bräuchte ich das denn?
Ich will keine Diktatur errichten,
kein Imperium aufbauen, nicht
mal 'nen Konzern! Nicht mal
einen ganz ganz kleinen...

Samstag 25. November
Oft sogar ist man permanent
überrascht, was das öde, schäbige

Leben doch noch so alles zu
bieten versteht... Tjaja, ...ich muß
fast lachen, wenn ich dessen in
aller beschaulichen
Ausführlichkeit bedenke.
(3.3.1996) Was bleibt? Alles und
noch viel mehr. – Oft war ich
verliebt und zu allem
entschlossen; aber immerzu ging's
schief. Jetzt gehe ich davon aus,
zu wissen, warum's bisher stets
wie's Hornberger Schießen lief
und mir ist bewußt geworden, daß
ich bereits seit zwei Jahren verlobt
bin! Fantastisch und ich hatte es
nicht mal bemerkt!

Sonntag 26. November Totensonntag
S., so will ich sie, der Anonymität
halber, vorerst weiterhin nennen,
hatte es ganz offensichtlich auch
nicht gewußt. Was waren wir
Kindsköpfe und blind; was waren
wir frühreif und verständig.
Welche edelweißen Greise stecken
da in unseren marionetten- und

marotten- und grillenhaften
irdischen Körperüberzügen. Wir
entdecken, d.h. wir beginnen
gerade erst wieder, sie in uns zu
entdecken und auszugraben. – Ich
war oft glücklich, öfter
unglücklich. Jetzt bin ich
überober-hauptglücklich. Und sie?
Was S. anbetrifft, da weiß ich zu
wenig. Sie hat mich schriftlich
aufgefordert, sie in Ruhe zu
lassen. Und ich sage und erkläre
es mir so:

Montag 27. November
„Sie liebt Dich, mein Herz, von
ganzem ungeteiltem Herzen!" Toll
allein schon die Paradoxie der
Situation! Da haben sich zwei
Pappenheimer gefunden; zwei
Königskinder sind da erwachsen
geworden und das Wasser ist
längst nicht mehr so tief.
Außerdem können wir beide ja
schwimmen. Und wenn's zu heiß
kommt oder hoch hergeht, tauchen

wir 30 – 50 Meter tief. Das kann
sie bereits, mir muß sie's erst noch
beibringen. Ich ihr die Lust auf's
Skifahren verklickern. Wir sind
ein ideales Potpourri. Papageno

Dienstag 28. November
hat seine Mamagena entdeckt –
und er hört auf zu flachsen und zu
zögern. Die offenbar geschlossene
Türe habe ich nachhaltig und mit
der flachen Hand eingeschlagen.
„Schöner" konnte und
„schlimmer" es kaum werden. Wir
sind das Buffopaar in einer
unendlichen Operette, wir sind die
zwei von der Tankstelle, Pat und
Patachon, Dick und Dusselig bzw.
Stan und Ollie. „Errötend folgen
sie einander auf Ab- und
Umwegen..."

Einschub:
„Die Entjunkerung" – 29.6.1997
Sehr viel länger als gedacht hat es sich
hingezogen dieses Buch. Auf seinen
vergleichsweise wenigen, wenig voll

beschriebenen Seiten sind Jahre aufgelaufen, die in ihrer Buntgemischtheit und Wechselfülle weitaus mehr Bücher und Seiten inhaltlich ausstatten könnten. Meine Ausbildung und den närrischen Balletttänzerinnenschwarmwahn, meine Zivildienst- und Krankenschwester-Organistinzeit und –tragikomödie, meine etwa dreijährige Kaufmanns-Leiharbeitsbeschäftigung und ihr doppelt unrühmliches Ende mit Kündigung, Blut und Scherben; und meine Zeit beim Lokalfernsehsender, in der ich die zu vergessen suchte, derentwegen ich mich zur Raserei treiben ließ und die mich schriftlich abwies, ohne daß ich glauben kann, daß ihr dies leicht gefallen sei. Und zuletzt meine ersten beiden Studiensemester unter gleichzeitiger Fortführung der Abeit beim TV-Sender als freier und damit, nach dem Praktikum, erstmals wieder bezahlter, angestellter Redakteur und meine liebleidenschaftslose platonische Hin-

und Herpendelei zwischen Uni-
Kommilitoninnen und Kolleginnen im
Sender. Sind es sieben Jahre? Oder
neun? Wie alt ich werden mußte, um
diesen Morgen, diese Nacht zu erleben.
Es ist vollbracht! Ich bin entjungfert
oder, um beim Sprachgebrauch dieses
lange beiseite gelegten Bändchens zu
bleiben: entjunkert. Ich habe extra
weiter vorne noch Platz gelassen, um
Rückblicke der vertrödelten Abschnitte
und Epochen zu ermöglichen. Doch
jetzt geht das Aktuelle vor. Wie es dazu
kam, daß ich nicht mehr ein
unbeleckter ältlicher Jüngling und
kopflastiger Liebestheoretiker bin? Ich
weiß es doch, hab's grad erlebt und
kann es dennoch kaum recht glauben.
Wie ich all' meine ehernen, klammen,
beklemmenden, aber vielleicht auch
richtigen Grund- und Vorsätze über'n
Haufen warf, macht mich
Kopfschütteln – äußerlich; innerlich
klopfe ich mir auf die Schulter – Wieso
mir? Der Blumenstrauß und
Glückwunsch gebührt mir nicht. Sie

war es, die mich, nicht verführte, sondern einführte, einlud, lieb und gefühlvoll, sehnend und zugleich entsagend oder doch die Entsagung einkalkulierend. Denn ich war mir gar nicht so sicher, ob ich sie wirklich liebte oder lieben lernen würde; und war's nicht seit jeher mein stilles Gesetz, mich nur mit Frauen einzulassen, die ich auch vom Fleck weg heiraten und deren Kinder ich mit großziehen wollen würde? Und dabei kenne ich sie ja noch nicht mal gut (sie hatte sich meinen Namen und Gesicht gemerkt – ich mir die ihren nicht, mußte mich erst wieder erinnern, das Gedächtnis auffrischen lassen.) Dabei ist sie nicht nur Kommilitonin, sondern auch noch freie Redakteurskollegin, allerdings der schreibenden Zunft, also bei einer fränkischen Lokalzeitung beschäftigt. Und sogar ein Gedichtbändchen hat sie bereits veröffentlicht (ich habe es mir kurz darauf bestellt, gekauft und gelesen und war sehr betroffen, da einige

Gedichte auf mich zu passen schienen); sie ist sprach- und musikinteressiert, auch an klassischer. Sie singt im Chor und nimmt an Operninszenierungen teil, ist intellektuell und gradeheraus, dabei hat sie auch ihre psychischen Probleme gehabt, gegen die sie entschlossen vorgeht. Und sie heißt Elke. Sie ist's, die mich per Definition zum Erwachsenen machte, zum Erfahrenen, zum nicht mehr Unschuldigen, der ich nie wirklich gewesen bin. Denn schuldig sind wir geboren und werden's immer mehr, je weniger wir „wie die Kinder" sind. Bin andererseits ich je in diesem edel-einfältigen Sinne Kind gewesen, der ich angeblich schon mit drei Jahren Alter mit meiner ältesten Schwester über Sein und Nichtsein der Existenz Gottes diskutiert haben soll. (Ich selbst kann mich nicht explizit daran erinnern, traue es aber meiner damaligen Gedankenwelt, von der mir einige andere Fragmente lebhaft in

179

Erinnerung sind, durchaus zu.) Bin ich
als Greis geboren und erst jetzt wieder
zum allen Tabus hohnlachenden
Spielkind geworden? Jedenfalls fühle
ich mich trotz diffuser Gewissensbisse
froh und heiter, kräftig und wie erlöst
von einer jahrelangen unterdrückten
Sehnsucht. Dabei war die Nacht
durchaus auch schmerzhaft. Nicht ich
zerriß ihr das Jungfernhäutchen; denn
ich war nicht die erste „Erfahrung" für
sie, sondern mir brannte die hart
zurückgespannte Vorhaut in ihrer
überraschend engen Scheide, in die
erstmal hineinzukommen schon eine
schwierige Hürde darstellte. (In den
Filmen sieht das immer so leicht aus).
Durch den Schmerz blieb ich zwar
lange erregt und konnte sie dadurch
heftig stimulieren, empfand aber selbst
wenig Glücksgefühl und zunächst auch
keine „Entladung". Das klingt jetzt
alles fürchterlich abstrakt und
mechanistisch und soll es gar nicht.
Aber es ist unerhört schwierig, einen
so von Gefühlen und völlig neuen

Sinnes- und Erlebniseindrücken
angefüllten Ausnahmezustand
angemessen anschaulich und dabei
nicht vulgär und pornographisch zu
beschreiben. Aber, soll ich das
überhaupt zu vermeiden versuchen?
Hatte ich nicht ein Gefühl der
Befreiung von Konfirmanden-
konventionen, von den Zwängen und
Beschränkungen des Pubertierenden,
des noch nicht Eingeweihten, ein
Gefühl, rauschhaft und verspielt, dreist
und mutig, lustig und lüstern, dabei
zärtlich und weich, dann wieder wild
und fordernd, ein spielerisches
Umgehen mit Liebe, ein liebendes,
letztlich doch wieder kindlich
unschuldiges Tasten und Streicheln,
Fühlen und Saugen; in einem
Aufwasch alle Freudkomplexe übern
Haufen gefegt; unvergeßlich, das erste
Mal. Und wenn ich anfangs selbst
nicht ganz zur Erlösung gelangte, so
war es doch ein schönes Gefühl, in ihr
zu sein, sie fest zu halten und noch
fester gehalten zu werden, wenn sie in

Verzückung geriet. Immer wieder
erregte ich sie auch mit dem Finger im
Scheidenkanal, was auch für mich sehr
schön und erregend war. Und wie
schön war es, ihre Konvulsionen dabei
zunehmen zu sehen, zu fühlen, wie sie
sich in wachsendem Glück bewegte!
Es beglückt, zu beglücken! Wie kann
ein Vergewaltiger Befriedigung
erfahren, der nur Schmerzen und
Scham und Selbsthaß erzeugt, der nicht
dieses Beglücken in seinen Armen
haltend empfinden kann?
(Einschub - Ende)

Mittwoch 29. November
(3.2.1998) Ich weiß ja nun nicht
so genau, wozu ich auf dieser
Weltkugel herumkrebsen darf,
muß oder soll. Ich tu's trotzdem
immer weiter brav vor mich hin.
Schön blöd, könnte man sagen.
Nun, da ich kein Junker mehr bin,
hätte ich ja nicht mal mehr die
Berechtigung, im Junkerbuch
herumzuschreiben. Aber es ist

doch etwas anderes, mit einer Frau geschlafen zu haben, die man mochte, aber nicht liebte und die man seither wiederzusehen vermieden hat oder ob man heiratet und dann wirklich ein Ehemann ist und nicht ein Freier! Drum heißen bei den Prostituierten ja auch die Kunden so. Weil sie eigentlich Junker sein müßten, da sie sonst Ehebruch begingen. Heutzutage sind die Begriffe und Abgrenzungen aufgeweicht – eigentlich sollte man meinen – Gottseidank.

Donnerstag 30. November
Außer in orthodox-religiösen Familien und Gesellschaften jeglicher Provenienz spricht man nicht mehr von „gefallenen" Mädchen (von gefallenen Bübchen, wie ich nun einer bin, sprach man , glaube ich, sowieso nie). Aber noch spricht man von alten Jungfern. Alte Junker nennt

man auch Hagestolze. Ob nun die Jungfern und Junggesellen auch biologisch jungfräulich sind, interessiert heute keinen mehr in der westlichen Welt (zu der ja angeblich auch Japan gezählt wird. Letztlich ist es relativ, wo Westen oder Osten liegt, abhängig vom Beobachterstandpunkt). Doch was mir eigentlich das Herz bewegt, ist bis jetzt noch nicht zur Sprache gekommen. Ich habe S. wieder ansprechen wollen – und es nicht getan!

Freitag 1. Dezember
Das heißt, als ich mich niederkniete (nicht aus Demut, sondern weil kein Stuhl zur Hand war. D.h., es war einer da, aber dessen Sitzfläche war total defekt), und nicht gleich zur Sprache fand, fragte sie mich mit ihrer bekannten Brüskheit: „Was soll das?" Da stand ich wieder auf, sagte nur „O.K.", wandte mich um

und ging zur nächstgelegenen Türe des Lesesaales wieder hinaus. Sie konnte kaum erwartet haben, daß ich mein Anliegen in einem vollbesetzten Lesesaal vor ihr ausbreiten würde. Außerdem ist „Was soll das?" eine Killerphrase; eine Frage nur insofern sie rhetorisch wäre und also keine Antwort heischte. Was hätte ich auch

Samstag 2. Dezember
sagen sollen? Etwa, „nachdem ich Dir vor zwei Jahren die Türe eingeschlagen habe, könntest Du mich nun endlich heiraten!" Na, das wäre doch nicht gut möglich gewesen! Dabei behauptete mein Nürnberger Tagesradiohoroskop heute ausdrücklich, daß ich meinen Herzenswunsch umsetzen könnte, wenn ich nur selbstbewußt aufträte. Dem stand freilich das Fischehoroskop entgegen (und sie ist „Fische" und bei mir ist's der

185

Aszendent [stimmt nicht, wie ich später feststellte, bin ich auch im Aszendent Stier]), wo wie einem kranken Kind gemahnt wurde, nicht schon wieder den Partner vor den Kopf zu stoßen. Nun haben wir beiden sauren Heringe uns gegenseitig die Schwanzflossen ins Gesicht geflatscht und wundern uns wohl auch noch, warum wir beide wieder und weiter

Sonntag, 3. Dezember 1. Advent
jeder für sich allein im eignen Ozean, im Singleaquarium herum plantschen. Wir rennen oder tauchen voreinander davon, wie seit vier Jahren ständig. Ich merke also, was zu beweisen war; auch als entjunkerter ist man noch jungfräulicher, lebensun-gewohnter Single, Junker und Alleintänzer. Aber das ist wieder was anderes; armer Gigolo, armer Wurm, der ich bin. Nun könnte

186

ich sie freilich auch bedauern, aber ich weiß nicht, ob sie das auch will, meint oder so versteht. Vielleicht fühlt sie sich nur angenervt von mir. (Ich glaube das nicht, kann es aber nicht mit letzter Sicherheit ausschließen). Dieses Buch ist so dünn und hat doch so viele Jahre in Anspruch genommen. Bin ich faul? Wohl eher vor allem zu langsam. Zu gehemmt.

Montag, 4. Dezember
Im Moment bin ich mir nicht mal sicher, ob ich sie schön finde. Das ist doch allerhand, dafür der ganze unsäglich unausgegorene Aufwand? Aber gut, ich meine, das ist ja gar nicht das Problem! Auf meinem Lieblingsfoto ist sie die schönste Frau von der Welt! (Sie schaut mich, als den Fotografen, direkt an, darauf.) Wer so schön schauen kann, der liebt den Fotografen! - Solange ich sie

aber genervt oder nervös vorfinde,
schaut sie kalt, fast böse aus und
ich weiß nicht mehr, warum ich
sie unablässig seit vier Jahren über
alles liebe. Also, ganz richtig ist
das nicht. Ich habe bestimmt 20
nette, hübsche Mädchen seither
geliebt, platonisch, mich mit ihnen
unterhalten, geplaudert und so.
Aber sie war als interne Mahnerin
im Unterbewußtsein. Aber ich bin
ihr nicht einfach aus Treue „treu"
geblieben.

Dienstag, 5. Dezember
Denn Treue hatte sie ja auch gar
nicht gefordert, zumal ich ja auch
gar nicht treu blieb, sondern mit
Elke schlief. Nein, der Grund,
warum ich Single blieb, war
einfach, daß keine der 20 oder
mehr oder weniger Anderen ihr
gleichkam an haupt- und
nebenwichtigen Eigenschaften.
Die eine rauchte, die andere hatte
einen zu starken schwäbischen

188

Akzent und eine zu dringliche und widderhafte Mitteilsamkeit. Die Nächste und Übernächste hatten keine sichtbaren oder unsichtbaren Abweichungen von meinen Wünschen, aber sie waren, wie soll ich sagen, vielmehr schreiben, zu wenig erschüttert, ergriffen, nervös, wenn sie mit mir sprachen, als daß ich auch nervös geworden wäre und entbrannt für sie, lichterloh.

Mittwoch, 6. Dezember
Oh, ich habe sie alle geliebt! Und solange ich sie liebte, warst Du, S., ganz oder teilweise gar vergessen. Aber, ohne selbst etwas zu tun, brachtest Du Dich durch meine Fotos von Dir immer wieder in Erinnerung. Und auch ohne sie, wärst Du unvergessen gewesen und geblieben. Weiß der Geier, wieso. Ich weiß es nicht.
-        Drecksleben – unter uns gesagt – nicht, daß ich mich

189

beklagen wollte. Aber immer, wenn es mir gut geht, kann ich nicht schreiben. Und immer, wenn alles Glücksgefühl den Bach hinabgeht, sprießt mir die literarische Inspiration. Ich will aber nicht immer unglücklich sein müssen, nur um lustig und beschwingt schreiben zu können. Denn, und das ist schon seltsam, ist es keineswegs so, daß ich nur triste und getragen schriebe, wenn ich enttäuscht worden bin. Gegenteils! Ich werde launig und frech, sarkastisch und mutig (wenigstens auf'm Papier und wie zum Ausgleich für vorausgegangene Feigheit.) Muß das denn wirklich immer so bleiben?

Donnerstag, 7. Dezember
Und dann wieder dieses blöde, schizophrene Gefühl, als ob alle möglichen, völlig Fremde über mich sprächen. Wie komme ich

darauf? Es kennt mich doch ohnedies kein Schwein. Oder doch? Im Gegensatz zu früheren Taophasen bin ich nun gewissermaßen fernsehbekannt (wenn auch nur mein Name und meine Stimme; zu sehen bin ich ja nie); aber wer guckt schon Lokal-TV? Nimmt die Welt Anteil an lokalen Halbbekanntheiten? Interessieren nicht eigentlich nur Leute aus Hollywood oder Berlin? Ich bin wiedermal total verwirrt. Dabei hätte ich genug zu tun, für mein Studium oder im Sender, statt hier in der Cafeteria der Unibibliothek auf eine neue, relativ unwahrscheinliche (weil heute Mittwoch ist) und schmerzhafte Wiederbegegnung mit S. zu warten.

Freitag, 8. Dezember Mariä Empfängnis (Feiertag in Österreich, Schweiz teilweise)
Oh, ich Tor! (Und das an Mariä Empfängnis!) Aber in Wirklichkeit ist jetzt der 4.2.1998

und die Rosenkreuzer halten heute
wieder ihren Auftaktvortrag und in
vier Tagen hat mein Bruder
Geburtstag und meine Nichte auch
irgendwann. Und ich hab' nicht
mal Geld für Geschenke, muß
mein Konto wieder überziehen.
Naja, vielleicht verdiene ich ja
bald Model-Gagen dazu. Ich gehe
nämlich ins Internet. Nicht selbst
und allein, sondern bei einer
Online-Agentur. - Das ist schon
sehr lustig: ein Japaner mit
Ohrring links und deutlichem
fränkischen „D" (Lidderadur)
erklärt einer südamerikanisch
anmutenden Frau mit deutlich
südlichem Akzent die Bedeutung
des Buchdruckes und der
Bibelübersetzung für

Samstag, 9. Dezember
Reformation, Kapitalismus und
den Wandel zu einer nach-
klerikalen, modernen Gesellschaft.
Gab es wohl in Japan

vergleichbare Umwälzungen?
Z.B. die Prägung durch die
Portugiesen, Abwehrhaltung und
Adaption von praktischen
Kenntnissen und
Wirtschaftsformen. In Erlangen
wächst die vielfach in sich
gebrochene Welt zusammen, wie
sympathisch; mehr fränkische
Japaner und hochdeutsche
Franken auf die Straßen! Diese
doofen Überraschungseier sind
doch wirklich ein
erstaunenswertes Phänomen!
Erwachsene Studenten knabbern
die pappsüße, braunweiße
Schokohülle mit einer betulichen
Andacht und öffnen die gelbe
Kapsel mit weihnachtstypischer
Spannung und Vorfreude, daß es
eine wahre Schau ist.

[Hier endet das Junkerbuch-
Manuskript abrupt und erstaunlich
beliebig. Was seitdem geschah,
würde mehrere weitere

Autobiographien seines Umfangs
bedürfen, was aber auch keine
wesentliche Änderung der
Gesamtsituation bringen würde.
Denn noch immer, acht Jahre nach
dem Ende der Aufzeichnungen, ist
ihr Autor immer noch Single und
geht seinen Weg zwischen Sehnen
und Hoffen, auf der Suche und
ohne rechte Idee, wozu das alles
so sein müsse...]

(Bernd Zimmer, 24.11.2006)

Nachwort

Das vorliegende Kalender-Romänchen (rein von der Wortanzahl liegt es zwischen Kurzgeschichte und Novelle) ist wohl zwischen Tagebuch – obwohl das im Text mehrfach bestritten wird – und Autobiographie anzusiedeln. Zu beachten ist dabei, dass die Kalenderangaben, das Kalendarium, nichts mit der tatsächlichen Zeit des Notierens zu tun hat. Das Manuskript ist schlicht und einfach in einen Firmenkalender hineingeschrieben worden.

Der Text überstreckt sich nicht nur über einige Jahre, er weist auch zahlreiche Lücken auf, sowohl des Schreiben, wie auch des Inhaltes, also des Erlebthabens.

Das mag enttäuschen, ist aber nicht zu ändern, da im Nachhinein nicht nur Gedächtnislücken, sondern auch Vorbehalte zu verzeichnen sind, was dem Leser gegenüber eingestanden werden sollte und könnte. Was nichts anderes heißt, als: Sie müssen auch nicht alles wissen, was im Leben des Autors alles so passiert sein mag! Ich hoffe trotzdem, so etwas wie Interesse geweckt zu haben. Immerhin habe ich bisher schon zwei Gedichtbändchen mit Prosaanhang veröffentlicht, ein dritter ist in Vorbereitung. Wenn Sie nach Lektüre dieses Miniromans nun auch die Gedichte lesen wollen würden, wäre mein Hauptanliegen schon erreicht.

Übrigens: die Rechtschreibung des Textes folgt (soweit überhaupt irgendeiner) der alten Rechtschreibung. Ist schließlich auch im letzten Jahrtausend entstanden.

Bernd Zimmer, Erlangen, Juli 2022